Las aventuras de
TOM SAWYER

ALMA CLÁSICOS ILUSTRADOS

Las aventuras de
TOM SAWYER

MARK TWAIN

Ilustrado por Marieke Nelissen

Título original: *The Adventures of Tom Sawyer*

© de esta edición:
Editorial Alma
Anders Producciones S.L., 2022
www.editorialalma.com

⊙ @almaeditorial
🔲 @Almaeditorial

© de la traducción: Aldo Berti
Traducción cedida por Editorial EDAF. S.L.U.

© de las ilustraciones: Marieke Nelissen

Diseño de la colección: lookatcia.com
Diseño de cubierta: lookatcia.com
Maquetación y revisión: LocTeam, S.L.

ISBN: 978-84-18395-87-1
Depósito legal: B1122-2022

Impreso en España
Printed in Spain

Este libro contiene papel de color natural de alta calidad que no amarillea (deterioro por oxidación) con el paso del tiempo y proviene de bosques gestionados de manera sostenible.

Índice

Para Amandín, Sara y Soraya

Prefacio

~

Muchas de las aventuras relatadas en este libro sucedieron en la realidad; una o dos fueron el resultado de mis propias experiencias, y las demás, de peripecias acaecidas a otros muchachos que estudiaron conmigo en la escuela. Huck Finn está tomado de la vida real; Tom Sawyer, también, aunque este personaje está formado por un conjunto de características de tres chicos a quienes yo conocía. Así pues, se puede decir que la totalidad del personaje pertenece, desde el punto de vista arquitectónico, al orden compuesto.

Las extrañas supersticiones relatadas prevalecían entre los niños y los esclavos del Oeste en la época a la que me refiero, hace unos treinta o cuarenta años.

Si bien el propósito de mi libro es que pueda servir de distracción a chicos de uno y otro sexo, espero que, no por eso, sea rechazado por las personas mayores, ya que una de mis intenciones es que los adultos recuerden con agrado lo que ellos mismos fueron en otro tiempo, cómo pensaban, sentían y hablaban, y en cuántas divertidas y raras peripecias se encontraban a veces enredados.

Hartford, 1876

El autor

CAPÍTULO I

¡Tom! —llamó la anciana—. ¡Tom!

El mismo silencio.

—¿Dónde andará metido ese pillete? ¡Tom!

Bajándose los anteojos, miró por encima de ellos alrededor de la habitación. Después, subiéndoselos hasta la frente, miró por debajo. Rara vez miraba a través de los cristales a cosa de tan poca importancia como un chico. Aquellos lentes eran los de ceremonia, los que constituían su mayor orgullo y que estaban hechos más para ornato que para ayudar a sus ojos cansados. Se quedó un instante perpleja y dijo, no con cólera, pero lo bastante enfadada para ser oída por los muebles:

—Te aseguro, pillastre, que si te echo la mano encima te voy a dar...

No terminó la frase; se había agachado, pasando la escoba por debajo de la cama, resoplando a cada golpe. Lo único que consiguió fue hacer salir al gato.

—¡No se ha visto cosa que se parezca a ese muchacho!

Se detuvo en la puerta, recorriendo con la mirada las matas de tomates y los hierbajos que constituían el jardín. Sin sombra de Tom. Alzó, pues, la voz, calculando enviarla a larga distancia, y gritó:

—¡Tú! ¡Tom!

Oyó un ligero ruido tras ella, y se volvió a punto para atrapar a un muchacho por el borde de la chaqueta.

—Ya te tengo. ¡Y que no se me haya ocurrido pensar en la despensa! ¿Qué hacías ahí?

—Nada.

—¿Nada? ¡Mírate esas manos! ¡Mírate esa boca! ¿Qué es eso pegajoso que tienes por todas partes?

—No lo sé, tía.

—Yo sí lo sé, pillastre. Es dulce. Te he dicho mil veces que si no dejabas en paz ese dulce, te despellejaría vivo. Dame esa vara.

La vara se levantó en el aire. Aquello tomaba mal cariz.

—¡Por Dios, tía! ¡Mire lo que tiene detrás! —dijo Tom.

La anciana giró en redondo, recogiéndose asustada las faldas. En el mismo momento el chico escapó hacia la alta valla de tablas, dio un salto y desapareció al otro lado. Tía Polly se quedó un momento sorprendida; después se echó a reír bondadosamente.

—¡Diablo de niño! ¿Cuándo acabaré por aprender sus mañas? ¡Cuántas jugarretas como esta no me habrá hecho y aún me dejo sorprender como una boba! Pero las viejas somos realmente más bobas que nadie. Perro viejo, no aprende gracias nuevas, como suelen decir. Pero, Señor, el tunante no me la pega dos días seguidos. ¿Cómo voy a adivinar por dónde va a salir? ¡Y el muy pillo sabe que, desconcertándome hasta hacerme reír, se saldrá siempre con la suya! La verdad es que no cumplo mi deber con este niño; esa es la verdad. El majadero tiene el diablo en el cuerpo. Pero ¡qué le vamos a hacer! Siendo el hijo de mi pobre hermana difunta, no tengo entrañas para zurrarle. Cada vez que lo dejo sin castigo, me remuerde la conciencia, y cada vez que le atizo unos azotes, se me retuerce el corazón... ¡Todo sea por Dios! Pocos son los días del hombre que no estén llenos de tribulaciones, como dicen las Escrituras... Esta tarde se escapará del colegio y no tendré más remedio que hacerle trabajar en casa como castigo. Cosa dura es obligarle a trabajar un sábado, cuando todos los chicos tienen asueto; pero Tom aborrece el trabajo más que ninguna otra cosa, yo tengo que ser rígida con él, o será su perdición.

Aquel día, Tom hizo novillos y lo pasó estupendamente. Volvió a casa con el tiempo justo para ayudar a Jim, el negrito, a serrar la leña para el día siguiente y tener preparadas las astillas antes de la cena; pero al menos llegó a tiempo para contar a Jim sus aventuras del día, mientras este hacía tres cuartas partes de la tarea. Sid, el hermano menor de Tom, o, mejor dicho, su hermanastro, ya había dado fin a la suya de recoger astillas. Era un muchacho tranquilo, poco dado a escapatorias ni calaveradas. Mientras Tom cenaba y escamoteaba terrones de azúcar cuando la ocasión se le ofrecía, tía Polly le hacía preguntas llenas de malicia, con el intento de hacerle picar el anzuelo y sonsacarle reveladoras confesiones. Como muchas otras personas, igualmente simples y candorosas, la anciana se envanecía de poseer un talento especial para la diplomacia tortuosa y sutil. Así, le dijo:

—Hoy hizo bastante calor en la escuela, ¿no es cierto, Tom?

—Sí, señora.

—Muchísimo calor, ¿eh?

—Sí, señora.

—¿Y no te entraron ganas de irte a nadar?

Tom sintió un puntillo de alarmante sospecha. Examinó la cara de tía Polly, pero nada sacó en limpio. Contestó:

—No tía; vamos, no muchas…

La anciana alargó la mano y le palpó la camisa.

—Sin embargo, ahora no pareces tener demasiado calor…

Y se quedó satisfecha, notando que la camisa estaba seca.

Pero Tom había adivinado de dónde soplaba el viento. Así es que se apresuró a parar el próximo golpe. Dijo:

—Algunos chicos estuvimos echándonos agua por la cabeza. Aún la tengo húmeda. ¿Ve usted, tía?

La anciana se quedó mohína, pensando que se le había escapado aquel detalle acusador. Pero tuvo una nueva inspiración.

—Dime, Tom: para mojarte la cabeza, ¿no tuviste que descoserte el cuello de la camisa por donde yo te lo cosí? A ver: desabróchate la chaqueta.

Toda inquietud desapareció de la cara del chico. Abrió su chaqueta. El cuello estaba cosido, bien cosido.

—¡Diablo de crío! —exclamó la anciana—. Estaba segura de que habías hecho novillos y de que te habrías ido a nadar. No hay duda de que eres como gato escaldado, como suele decirse, y mejor de lo que pareces. Al menos por esta vez...

Se sentía un poco decepcionada por el fracaso de su sagacidad, pero al mismo tiempo sentía satisfacción al comprobar que el muchacho, al menos por una vez, había sido obediente.

Pero Sid dijo:

—Mire usted; yo diría que el cuello estaba cosido con hilo blanco y ahora es negro.

—¡Cierto que estaba cosido con hilo blanco! ¡Tom!

Pero Tom no esperó el final. Escapándose, gritó desde la puerta:

—¡Siddy, acusica! ¡Esto te va a costar una buena zurra!

Llegado a lugar seguro, sacó dos largas agujas que llevaba clavadas debajo de la solapa. En una había enrollado hilo negro; en la otra, blanco.

—Si no es por ese charlatán de Sid, no lo descubre —farfulló Tom—. Unas veces lo cose con blanco; otras, con negro. ¿Por qué no se decidirá por uno u otro? Uno no puede fijarse en todo, pero ese Sid me las va a pagar...

Pero no habían transcurrido dos minutos cuando sus cuitas quedaron olvidadas. Esto no quiere decir que fueran para él menos graves y amargas que las que sufren los hombres, sino porque un nuevo y atrayente interés las redujo a nada. Quedaron por complejo apartadas de su pensamiento, de la misma manera que las personas mayores olvidan sus pesadumbres en la excitación de nuevas empresas. El nuevo interés de Tom consistía en cierta inapreciable novedad en el arte de silbar, en el que acababa de adiestrarlo un negro y que ansiaba practicar a solas y tranquilo. Consistía en ciertas variaciones, a estilo de trino de pájaro, una especie de gorjeo que se conseguía haciendo vibrar la lengua contra el paladar.

Si los que me leen han sido muchachos alguna vez, recordarán cómo se hace. A fuerza de aplicación y perseverancia logró dar con el quid, y así echó a andar por la calle, con la boca inflada de armonías y el alma regocijada al máximo. Sentía lo mismo que experimentaba el astrónomo al descubrir una nueva estrella. Y no debe dudarse que en cuanto a la intensidad de ese placer, la ventaja estaba del lado de Tom, no del astrónomo.

Era casi de noche cuando Tom suspendió el silbido; un forastero se había detenido delante de él. Se trataba de un chico que apenas le llevaba un dedo de ventaja en la estatura. Cualquier recién llegado, sea cual fuere su edad o sexo, resultaba en el pequeño lugarejo de San Petersburgo causa de viva curiosidad. El forastero, además, estaba bien vestido, a pesar de no ser día festivo. Tal cosa resultaba asombrosa. Llevaba un sombrero coquetón, una chaqueta de paño azul, bien cortada, y a igual altura estaban los pantalones. A pesar de ser viernes, llevaba puestos los zapatos. Y para aumentar el asombro de Tom, usaba corbata: una tirilla de vivos colores.

En toda la persona de aquel muchacho había un aire de ciudad que hería a Tom en lo vivo. Cuanto más contemplaba aquella maravilla, más alzaba la nariz con un gesto desdeñoso por aquel lujo y más andrajosa le iba pareciendo su vestimenta. Ninguno de los dos hablaba. Si uno se movía, el otro hacía lo mismo. Pero eran gestos breves. Y no dejaban de mirarse a los ojos, sin pestañear. Al fin, Tom dijo:

—Yo puedo contigo.

—Anda, haz la prueba —desafió el otro.

—Te digo que te puedo...

—A que no.

—¿A que sí?

Parecieron convencerse de que sus fuerzas eran iguales.

Después, Tom murmuró:

—¿Cómo te llamas?

—¡Qué te importa!

—Pues si me da la gana, vas a ver si me importa o no.

—A ver; atrévete.

—Como sigas hablando mucho...

—Mucho, mucho, mucho...

—Te crees muy gracioso y listo, pero con una mano atada atrás te puedo dar una tunda si me diese la gana.

—¿A que no?

—¡Vaya un sombrero!

—¡Atrévete a tocármelo!

—Eres un fanfarrón.

—Más lo eres tú.

—Como sigas hablando así, cojo una piedra y te la estrello en la cabeza.

—¿A que no?

—Lo que pasa es que tienes miedo.

—Más tienes tú.

Otra pausa.

Tom giró en torno al forastero; luego el forastero dio una vuelta mirando a Tom.

—Vete —dijo este.

—Vete tú.

—No quiero.

—Pues yo tampoco.

Y así seguían desafiándose, cada uno apoyado en una pierna, como en un puntal, y lanzándose furiosas miradas. Ninguno parecía sacar ventaja de su desafiante actitud. Después de un rato, ambos se pusieron arrebatados; los dos cedieron con desconfiada cautela, y dijo Tom:

—Me pareces un miedoso y un mamón. Se lo diré a mi hermano mayor, que puede hacerte papilla con el meñique.

—¡Me río yo de tu hermano! Tengo yo uno mayor que el tuyo, que si lo pilla, lo tira por encima de esa tapia.

Se comprenderá que ambos hermanos eran imaginarios.

—Me has mentido.

Tom trazó en el polvo una raya con el dedo gordo del pie.

—Atrévete a pasar de aquí. Te daré una paliza. Vamos, písala y te la ganas.

El forastero pasó la raya y replicó:

—¡Ya está!

—No vengas con esa; ándate con ojo —farfulló Tom, que no parecía tener grandes deseos de zurrar al chico.

—Por dos centavos lo haría —fanfarroneó el otro.

Y le alargó burlonamente una moneda.

Tom la arrojó al suelo.

En el mismo instante rodaron por el suelo, agarrados como dos gatos. Durante un minuto forcejearon en el polvo, asiéndose del pelo y de las ropas, dándose puñetazos y arañándose las narices. Quedaron cubiertos de polvo y de gloria. Finalmente, Tom quedó a horcajadas sobre el forastero, moliéndolo a sopapos, en medio de una nube polvorienta.

—¡Date por vencido!

El forastero seguía luchando para liberarse. Lloraba de rabia.

—¡Date por vencido! —repitió Tom.

Y siguió golpeándolo.

Al fin, el otro gimoteó:

—Me doy.

Tom le dejó levantarse, y dijo:

—Para que aprendas. Otra vez, ten ojo.

El vencido, entre hipos y sollozos, se marchó sacudiéndose el polvo de la ropa. De cuando en cuando volvía la cabeza y amenazaba a Tom con lo que le iba a hacer cuando volviese a encontrarlo. Tom se mofó de él y echó a andar con aire de triunfador.

Pero tan pronto se volvió, el forastero cogió una piedra y se la arrojó, alcanzándolo en mitad de la espalda. Rápidamente volvió grupas, escapando como un gamo. Tom persiguió al traidor hasta su casa, enterándose así de dónde vivía. Instalándose por algún tiempo junto a la puerta del jardín, desafió a su enemigo a salir a campo abierto, pero el otro se contentó con sacarle la lengua y hacerle muecas desde detrás de los vidrios. Al fin apareció la madre del muchacho, quien llamó a Tom granuja y ordinario, mandándole que se fuese de allí. Tom acabó por alejarse, pero no sin prometer antes que el chico había de pagárselas.

Era tarde cuando llegó a su casa, y al encaramarse en la ventana, cayó en una trampa preparada por tía Polly, la cual, a la vista del estado en que traía las ropas, tomó la determinación de castigarlo a pasar la fiesta del sábado condenado a trabajos forzados.

CAPÍTULO II

⌒

Aquella mañana del sábado el mundo estival apareció luminoso y fresco. En cada corazón resonaba un canto. Si el corazón era joven, la música subía hasta los labios. Todas las caras reflejaban alegría y los cuerpos estaban animosos de movimiento. Las acacias en flor saturaban el aire de fragancias.

Al otro lado del pueblo se alzaba el monte de Cardiff, completamente cubierto de vegetación. Estaba lo suficientemente alejado para parecer a los chicos una especie de tierra prometida, llena de tentaciones.

Tom apareció delante de su casa con un cubo de cal y una brocha atada en la extremidad de un palo. Echó una mirada a la tapia, y la naturaleza perdió toda su alegría. Una abrumada tristeza le invadió el espíritu.

¡Tenía ante sí veinticinco metros de tapia de nueve pies de altura! La vida se le antojó vana y sin objeto. Suspirando, mojó la brocha en el cubo y la pasó sobre el tablón más alto.

Repitió la operación. La volvió a repetir. Retrocediendo comparó la insignificante franja blanquecina con la inmensidad de la tapia que debía enjalbegar. Descorazonado, se sentó sobre el boj.

En aquel instante, Jim, su vecino, salió a la puerta con un cubo de cinc y cantando *Las muchachas de Buffalo*. Acarrear agua desde la fuente del pueblo había sido siempre para Tom la cosa más aborrecible, pero entonces no le pareció así. Jim podía acabar enseguida, mientras que él...

En aquel lugar se juntaban siempre chicos de ambos sexos, blancos, mulatos y negros, esperando que les tocara su turno para llenar los cubos en la fuente. Entre tanto holgazaneaban, reñían, se pegaban y, en el mejor de los casos, cambiaban cosas. Y se acordó de que, aunque la fuente solo distaba ciento veinticinco metros, jamás volvía Jim antes de una hora con su cubo de agua. Tom le dijo:

—Jim, te traeré el cubo si tú me pintas un pedazo de la valla.

Jim le respondió, sacudiendo la cabeza:

—Imposible, amo Tom. El ama vieja me dijo que tengo que traer el agua y no entretenerme con nadie. Me ha advertido que el amo Tom seguramente me pediría ayuda para encalar, y que lo que tenía yo que hacer era andar listo y no ocuparme más que de lo mío..., que del encalado se ocuparía ella.

—¡Bah! No te importe lo que haya dicho. Déjame el cubo; no tardaré ni un minuto en traértelo lleno.

—No, no puedo, amo Tom. El ama me va a cortar el pescuezo... ¡De veras que es capaz!

—Ella nunca pega a nadie. Lo más que hace es dar papirotazos con el dedal. ¿Te importa eso a ti?

—No, pero...

—Habla mucho, pero no hace daño. Jim, coge la brocha. Te daré una de las canicas, la blanca...

Jim empezó a titubear.

—Una blanca, Jim; es de primera.

—Anda, anda, pero tengo un miedo muy grande al ama vieja.

Jim era de débil carne mortal. Puso el cubo en el suelo y cogió la canica que le enseñaba Tom.

En un periquete, Jim salió corriendo hacia la fuente con el cubo en una mano y la canica en la otra. Le escocían las posaderas por el puntapié que acertó a aplicarle Tom en el preciso momento en que tía Polly hacía su aparición en el teatro de los hechos.

Tom, furioso, se puso a enjalbegar, sintiendo tras él la presencia de la tía con una zapatilla en la mano.

Pero su energía duró poco. Pensaba en todas las diversiones que había planeado para aquel día de fiesta, y su desesperación se exacerbó. Muy pronto los chicos pasarían por allí, camino de tentadoras excursiones, y se burlarían de él viéndolo trabajar como un esclavo. Esta idea le hacía hervir la sangre. Sacó sus mundanales riquezas de la profundidad de sus bolsillos para pasarles revista. Eran pedazos de juguetes, tabas y chucherías heterogéneas; quizá bastasen para logar un cambio de tarea, pero nunca la libertad completa. Volvió a guardarlas, convencido de que con aquello no podría lograr el soborno de los muchachos.

De pronto le acometió una inspiración. Cogiendo la brocha, se puso a trabajar, poniendo gran cuidado en lo que hacía. Ben Rogers apareció a su lado. De entre todos los chicos, era de aquel precisamente de quien más temía las burlas. Ben venía saltando de alegría. Con ello evidenciaba que ninguna pesadumbre afectaba su corazón y que sus deseos de pasarlo bien eran grandes. Mientras mordisqueaba una manzana, de cuando en cuando lanzaba un alarido, seguido de un bronco tilín, tilón, con lo cual imitaba al vapor del Misisipí. Se imaginaba ser barco y capitán a la vez. Tilín, tilón. «¡Ea, máquina atrás!», ordenaba. «Chu, chu, chu.» Y su brazo derecho describía grandes círculos, queriendo imitar a la rueda que movía el barco. «Avante, a babor.» «Listo con la amarra.» «¡Alto!» «¡Tilín, tilín; tilón, tilóoon...» «Chistss»... Ahora imitaba la salida del vapor por el tubo de escape...

Tom comprendía el juego; de buena gana hubiese imitado a su compinche en aquella simulación del barco, pero seguía encalando la tapia, poniendo en ella toda su atención, hasta el punto de fruncir el entrecejo. Ben se había detenido junto a él. Veía su sombra proyectarse en el suelo y esperaba la explosión de burla.

—¡Je, je! Las estás pagando, ¿eh?

Tom no pareció oírlo.

Retrocediendo, examinó atentamente su último toque blanco con mirada de experto. Después dio otro brochazo y, como antes, se hizo atrás para

examinar el resultado. Mientras tanto oía los mordiscos de Ben a la manzana y se le hacía la boca agua.

—¡Hola! —exclamó Ben—. Parece que te hacen trabajar, ¿eh?

Tom se volvió lentamente.

—¡Ah! ¿Eres tú? No te había visto.

—Me voy a nadar. ¿No te gustaría acompañarme?

Silencio de Tom.

—Claro, tú prefieres trabajar...

Y soltó una risita burlona.

—¿A qué llamas tú trabajar? —preguntó Tom.

—¿No es un trabajo eso que estás haciendo?

Tom reanudó el blanqueo y le contestó distraídamente:

—Bueno, puede ser que sea un trabajo, y puede que no. Lo único que sé es que le gusta a Tom Sawyer.

—¡Vamos, chico! ¿Me vas a hacer creer que te gusta eso?

La brocha seguía moviéndose.

—No sé por qué no va a gustarme pintar. ¿Es que le dejan a un muchacho dar cal a una valla todos los días?

Esta salida puso el problema bajo una nueva luz.

Ben dejó de mordisquear la manzana. Tom movía la brocha coquetonamente. Luego retrocedió dos pasos para ver el efecto de su trabajo. En tanto, Ben no perdía de vista uno solo de sus movimientos. Parecía cada vez más interesado y absorto ante la obra y la actitud de su amigo.

Al fin, le dijo:

—Oye, déjame encalar un poco.

Tom reflexionó. Parecía a punto de ceder, pero cambió de propósito.

—No, no. Tía Polly es muy exigente. Quiere que la cerca luzca bien, pues está en mitad de la calle. No me importaría dejarte la brocha si se tratara de la valla que está detrás de la casa. Esto debe hacerse con el máximo cuidado. Seguramente no hay un muchacho entre mil, ni entre dos mil, que pueda ser capaz de encalarla como es debido.

—No fanfarronees. Vamos, déjame probar un poco. Nada más que una miaja. Si yo estuviera en tu lugar, te dejaría...

—Quisiera dejarte, chico, pero tía Polly... Jim también quiso, pero ella no se lo permitió. Si tú te encargases de este trabajo y ocurriese algo...

—Anda, tonto; te prometo hacerlo con cuidado. Te doy el corazón de la manzana.

—No puede ser; no me lo pidas. Tengo miedo.

—¿Y si te diera toda la manzana?

Tom le entregó la brocha, con disgusto en el semblante, pero con gozo en el corazón.

Y mientras el ex vapor del Misisipí le daba a la brocha sudando al sol, Tom se sentó en una barrica, a la sombra. Balanceando las piernas se comió la manzana, mientras meditaba en la manera de aprovechar a otros incautos.

Estos no tardaron en caer por allí. A cada momento aparecían futuras víctimas, solos y en parejas.

Venían a burlarse de Tom, castigado a trabajos forzados, pero se sentían cautivados por aquella nueva manera de divertirse. Cuando Ben quedó rendido de cansancio, el empresario había ya vendido el turno siguiente a Billy Fisher por una cometa en buen estado. Tras Billy, Johnny Miller compró el derecho a usar la brocha por una rata muerta que tenía atado un bramante para hacerla girar.

Así siguió la operación, hora tras hora. Y al llegar la tarde, Tom, que por la mañana era un tipo en la miseria, nadaba en riquezas. Además de las cosas que he mencionado, tenía doce tabas, un cornetín, un trozo de vidrio azul para mirar las cosas a través de él, un tirador de puerta, un collar de perro y el mango de un cuchillo. Entre tanto, había pasado una tarde deliciosa, dando órdenes como un capitán, rodeado de grata compañía, y la valla, la maldita valla, tenía nada menos que tres manos de cal. De no haberse agotado esta, habría hecho declararse en quiebra a los chicos del lugar.

Tom tenía que reconocer que el mundo era agradable. Sin darse cuenta, había descubierto uno de los principios fundamentales de la conducta humana, que consiste en hacer difícil la obtención de una cosa para que esta sea anhelada por todos.

Si el chico hubiera sido un eximio y agudo filósofo, como el autor de este libro, hubiera comprendido que el trabajo consiste en lo que estamos obligados a hacer, y que el juego consiste en aquello a lo que nada nos obliga. Y esto le ayudaría a comprender por qué confeccionar flores artificiales o picar piedras es trabajo, mientras que jugar a los bolos o escalar el Mont Blanc no es más que diversión. En Inglaterra hay caballeros opulentos que durante el verano guían diligencias de cuatro caballos y hacen el servicio diario de veinte a treinta millas, porque el hacerlo les cuesta mucho dinero; pero si se les ofreciera pagarles su tarea, eso la convertiría en trabajo, y entonces dimitirían indignados.

CAPÍTULO III

⁓

Tom encontró a su tía sentada junto a la ventana, abierta de par en par, en el alegre cuartito situado en la trasera de la casa.

Aquel lugar servía de alcoba, comedor y despacho. La tibieza del aire veraniego, el aroma de las flores y el adormecedor zumbido de las abejas habían hecho dormitar a la anciana sobre su labor de punto. Estaba tan segura de que Tom había ya desertado de su tarea, que su sorpresa fue grande al verlo comparecer ante ella con tal intrepidez. Y le preguntó:

—¿Puedo ir a jugar, tía?

—¿Tan pronto? ¿Cuánto has pintado de la valla?

—He terminado, tía.

—Tom, no mientas. No puedo sufrir las mentiras.

—Te digo que ya está hecho todo.

Tía Polly salió a ver por sí misma.

Se hubiera dado por contenta con haber encontrado un veinticinco por ciento de verdad en lo que Tom afirmaba. Cuando vio toda la tapia encalada, y no solo encalada, sino primorosamente repasada con varias manos de lechada, y hasta con una franja blanca en el suelo, su asombro no podía expresarse en palabras.

—¡Alabado sea Dios! —exclamó—. ¡No puedo creerlo! Pero he de reconocer que sabes trabajar, barbián, cuando te da por ahí.

Y añadió, ante el silencio de Tom:

—Pero, la verdad sea dicha, estos milagros los haces pocas veces.

Tom bajó la cabeza, murmurando:

—Esta vez no podrá usted quejarse.

—Bueno, anda a jugar, pero vuelve antes de una semana, ¿eh?...

Emocionada por la brillante hazaña de su sobrino, entró en la despensa, escogió la mejor manzana y se la entregó, acompañada de una disertación sobre el gran valor que adquieren los dones cuando son obra de nuestro virtuoso esfuerzo. Y mientras terminaba con un latiguillo bíblico, Tom le escamoteó una rosquilla.

Salió dando saltos, y vio a Sid cuando empezaba a subir la escalera exterior que por detrás de la casa conducía a las habitaciones altas. Había en el suelo abundancia de guijarros a mano, y en un segundo el aire se llenó de ellos. Zumbaban en torno a Sid como una granizada, y antes de que la tía pudiera recuperarse de su sorpresa y acudir en socorro del chico, media docena de proyectiles habían alcanzado a Sid, mientras Tom, saltando la valla, desaparecía. Claro que pudo usar la puerta, pero a Tom generalmente le faltaba el tiempo para hacer uso de ella.

Sintió renacer la paz sobre su espíritu después de aquel ajuste de cuentas con Sid por haber descubierto lo del hilo, poniéndolo en dificultades.

Después de dar la vuelta a la manzana, vino a parar a una calleja fangosa, detrás del establo donde tía Polly encerraba sus vacas. Ya estaba fuera de todo peligro, y se apresuró a caminar hacia la plaza del pueblo, donde dos grupos de chicos se habían reunido para librar una batalla. Según lo convenido, Tom capitaneaba a uno de los grupos o ejército; Joe Harper, un amigo del alma, era general del otro grupo. Estos caudillos no descendían hasta tomar parte en la lucha. Se sentaban mano a mano en una eminencia y, desde allí, como dos mariscales, conducían las operaciones, dando órdenes a sus ayudantes de campo para que las transmitieran a quienes correspondían.

El ejército de Tom salió victorioso tras rudo y tenaz combate. Luego se contaron los muertos, los prisioneros fueron canjeados y se acordaron las bases del próximo desacuerdo. Hecho esto, los componentes de los dos ejércitos desaparecieron, y Tom regresó solo a su morada.

Cuando pasaba por delante de la casa en que vivía Jeff Thatcher, vio en el jardín a una niña desconocida. Era una linda criatura de pelo rubio y ojos azules. Bajo su veraniego delantal blanco asomaban las puntillas del pantalón. El heroico caudillo, coronado de laureles, se sintió ensartado por aquel encanto sin disparar un tiro. Cierta Amy Lawrence quedó borrada de su corazón. Se había creído enamorado de ella hasta el tuétano; ahora comprobaba que su pasión no era otra cosa que una efímera debilidad. Había dedicado meses a su conquista, y apenas hacía una semana que ella pareció rendirse. Por ello, durante siete días se había considerado el más feliz y orgulloso de los chicos, más hete aquí que ahora, en un instante, lo despedía de su pecho sin dedicarle un adiós.

Consagró a esta repentina y seráfica aparición furtivas miradas, hasta notar que ella lo había visto. Entonces fingió que no había advertido su presencia, y empezó a «presumir», haciendo toda suerte de absurdas e infantiles habilidades para provocar la admiración de tan encantadora criatura.

Llevaba un rato entregado a esta grotesca exhibición, hasta que con el rabillo del ojo vio que la niña se dirigía hacia la casa, sin interesarse demasiado por sus absurdos ejercicios gimnásticos. Desalentado, Tom se apoyó en la valla, albergando la esperanza de que aún se detendría un rato.

Y, en efecto, se paró un momento en los escalones; luego avanzó hacia la puerta. Tom suspiró al verla poner el pie en el umbral, y su cara se iluminó al ver que arrojaba una flor por encima de la valla antes de desaparecer. El chico echó a correr; doblando la esquina, se paró en seco delante de la flor. Era un pensamiento. Puso su mano ante los ojos, a guisa de visera, mirando calle abajo, como si hubiera visto en aquella dirección algo de sumo interés. Después, cogiendo una paja del suelo, trató de sostenerla en equilibrio sobre la punta de la nariz. Y mientras iba de aquí para allá, tratando de sostener la paja, se fue acercando más y más al pensamiento, y al cabo le puso encima su pie desnudo. Apresándolo con los dedos, se alejó renqueando para desaparecer tras la esquina. Permaneció allí el tiempo preciso para colocarse la flor en el ojal de la chaqueta, cerca del corazón, o probablemente junto al estómago, porque Tom, que sabía de muchas cosas, ignoraba por completo la anatomía.

Enseguida volvió sobre sus pasos, rondando la valla hasta la caída de la noche.

La niña no se dejó ver. Tom se consoló pensando que quizá lo estuviera contemplando desde una ventana. Al fin regresó a casa de mala gana, lleno de ilusiones.

Durante la cena se mostró tan inquieto, que tía Polly tuvo que preguntarse qué le pasaría al chico. Sufrió una buena reprimenda por la pedrea de la tarde, sin que esto le importase un comino. Trató de robar azúcar, y recibió un golpe de cuchara en los nudillos.

—Tía, a Sid no le pegas cuando lo coge.

—No; pero Sid no me atormenta como lo haces tú, demonio. Si no te estuviera observando todo el rato, dejarías el azucarero vacío.

Cuando la tía se metió en la cocina, Sid, envanecido de su inmunidad, alargó la mano hacia el azucarero, lo cual resultaba afrentoso para Tom. Pero a Sid se le escurrieron los dedos y el azucarero cayó y se hizo pedazos. Tom se quedó en suspenso. ¡Al fin el otro había metido la pata! Pensó no decir nada y esperar los acontecimientos. Tan entusiasmado estaba, que apenas se pudo contener cuando entró la tía y, a la vista del estropicio, empezó a lanzar relámpagos de cólera por encima de los anteojos.

«Ahora se arma», pensó Tom.

Pero en el mismo segundo, quedó despatarrado en el suelo. La recia mano vengativa de la anciana estaba levantada en el aire para repetir el golpe. Tom gritó:

—¿Qué hace? ¡Ha sido Sid el que lo ha roto!

Tía Polly se detuvo confundida. Tom esperaba una reparadora compasión. Pero cuando ella recobró la palabra, se limitó a decir:

—¡Se me figura que no te habrá venido de más una tunda! Seguramente has estado haciendo otra de las tuyas cuando yo salí de aquí.

Comprendió su error y le remordió la conciencia, pero no pudo decirle nada cariñoso, temiendo que Tom lo tomase como una confesión de haber obrado mal, lo que relajaría la disciplina que quería mantener a toda costa. Volvió, pues, a sus tareas con un peso en el corazón. Tom, sombrío y enfurruñado, dolido por aquella injusticia, se acurrucó en un rincón, exagerando sus cuitas.

Sabía que tía Polly estaba en espíritu de rodillas ante él; eso le proporcionaba una alegría mezclada de tristeza. Pero no quería abusar de su situación. Harto sabía que una mirada ansiosa se posaba de cuando en cuando sobre él a través de lágrimas contenidas; mas se negaba a reconocerlo. Se imaginaba postrado y moribundo y a su tía inclinada sobre él, mendigando una palabra de perdón. Pero volvía la cara a la pared, diciéndose que le dejaría morir sin que aquella palabra saliera de los labios de la anciana. ¿Qué pensaría entonces su tía?

Tom se figuraba traído a casa desde el río, ahogado, con los cabellos chorreantes, las manos flácidas y su corazón en reposo. ¡Con qué desesperación se arrojaría sobre él, derramando lágrimas a mares y pidiendo a Dios que le devolviese a su chico, jurando que nunca volvería a tratarlo injustamente! Pero él estaría allí, inmóvil, pálido, frío. ¡Pobre mártir cuyas penas habían llegado a su fin! De tal manera se excitaba con estos pensamientos patéticos, que tenía que tragar saliva, a punto de atosigarse, y sus ojos saltaban agua que caía a gotas por la punta de su nariz. Y era tal la voluptuosidad que le producían sus penas, que no podía admitir la introducción de ninguna alegría ni deleite terreno. Y por eso, cuando la prima Mary entró dando saltos de contenta por verse otra vez en casa después de una semana en el campo, Tom se levantó y, sumido en tinieblas, salió por una puerta cuando ella entraba por la otra, trayendo consigo luz y alegría.

Se alejó de la casa.

Vagabundeó lejos de los sitios frecuentados por los muchachos, buscando parajes desolados, en armonía con su amargura.

Lo atrajo una balsa de troncos en la orilla del río. Sentándose en el borde, sobre el agua, contempló el largo curso de la corriente. Hubiera deseado morir ahogado allí mismo, pero se acordó de su flor. La sacó del bolsillo. Estaba estrujada, lacia, y a la vista de ella, su melancolía aumentó.

Se preguntó si la chica se compadecería de él si supiera cuál era su estado de ánimo.

¿Lloraría?

¿Querría echarle los brazos al cuello y consolarlo? ¿O le volvería la espalda, como suelen hacerlo la mayoría de las personas?

Esta visión le hizo pasar por tales agonías, que la reprodujo muchas veces en su mente, hasta dejarla pelada por el uso. Finalmente, se levantó lanzando un suspiro para ponerse en camino entre la oscuridad. Serían las nueve y media o las diez cuando se encontró en la calle donde vivía la amada desconocida que de tal modo le martirizaba el ánimo. Ningún ruido turbaba la calma del lugar. Una vela proyectaba un leve resplandor en la cortina de una ventana del piso alto.

¿Estaría ella allí?

Después de trepar por la valla, marchó con paso cauteloso por entre los arbustos, hasta llegar bajo la ventana. Emocionado, se puso a mirar hacia arriba. Después se acostó de espaldas, con las manos cruzadas sobre el pecho, como una estatua yacente. Entre los dedos tenía la pobre flor marchita.

Pensó que de ese modo le gustaría morir..., abandonado de todos, sin una mano querida que le enjugase el sudor, sin una cara amiga que se inclinase sobre la suya en el trance final. Y así lo vería ella cuando abriese la ventana para ver la alegría del sol matinal..., y ¡ay!, ¿dejaría caer una lágrima sobre el cuerpo inmóvil, o suspiraría de piedad a la vista de aquella existencia juvenil tan intempestivamente inmolada?...

La ventana se abrió.

La áspera voz de una criada profanó el silencio, y un diluvio de agua dejó empapados los restos del pobre mártir.

Resoplando, medio ahogado, Tom se levantó de un salto. Una piedra zumbó en el aire, mezclado con el murmullo de una imprecación; después, un estrépito de vidrios rotos, y una pequeña forma fugitiva saltó la valla y se perdió en las tinieblas.

Un rato después, cuando Tom, desnudo, a punto de acostarse, examinaba sus ropas empapadas a la luz de un cabo de vela, Sid despertó; pero si le pasó por la cabeza la idea de recordar los sucesos del día, lo pensó mejor, y se quedó mudo, pues en los ojos de Tom había un brillo amenazador...

Tom se metió en la cama, olvidándose de rezar, omisión que Sid no dejó de apuntar en su memoria.

CAPÍTULO IV

E l sol, como una bendición, lanzó sus rayos sobre el apacible pueblecito. Acabado el desayuno, tía Polly reunió a la familia para las prácticas religiosas. Comenzaron por una plegaria, llena de citas bíblicas, y terminaron recitando un oscuro capítulo de la ley mosaica.

Tom, apretándose los calzones, se dispuso a meterse los versículos en la mollera.

Sid se los sabía ya desde días antes. Tom puso en juego todas sus energías para grabar en su memoria cinco nada más, y escogió un trozo del Sermón de la Montaña, porque no pudo encontrar versículos más cortos.

Al cabo de media hora, tenía una idea vaga de la lección; su mente se escapaba de aquel lugar para revolotear por todos los ámbitos del pensamiento humano, mientras sus manos estaban ocupadas en absorbentes y recreativas tareas. Mary le cogió el libro para tomarle la lección. Y él trató de hallar un camino entre la niebla de su memoria.

—Bienaventurados... los...

—Pobres.

—Sí, pobres; bienaventurados los pobres de..., de...

—Espíritu...

—Espíritu; bienaventurados los pobres de espíritu, porque ellos..., ellos...

—De ellos...

—Porque de ellos... Bienaventurados los pobres de espíritu, porque de ellos... será el reino de los cielos. Bienaventurados los que lloran, porque ellos, porque ellos...

—Re...

—Porque ellos re...

—Reci...

—Recibirán...

—¡Ah! Porque ellos recibirán..., recibirán..., los que lloran. Bienaventurados los que recibirán, porque... ellos llorarán, porque recibirán... ¿Qué recibirán?... Vamos, Mary, dímelo de una vez; no seas tacaña.

—¡Ay, Tom, cabezota! No creas que es por hacerte rabiar. Tienes que volver a estudiarlo. No te aturrulles, Tom, ya verás como lo aprendes; y si te lo sabes, te daré una cosa preciosa. ¡Vamos! A ver si pones atención.

—Dime lo que me vas a dar, Mary. ¡Dime lo que es!

—Ya sabes, Tom, que cuando prometo algo lo cumplo.

—Bueno, Mary, voy a darle otra mano.

Y volvió a la carga, aguzando la inteligencia. Y bajo la doble tentación de la curiosidad y la prometida ganancia, salió triunfante. Mary le entregó una flamante navaja Barlow, que valía doce centavos y medio; y las convulsiones de deleite que corrieron por el organismo del muchacho lo conmovieron hasta los cimientos.

Digamos de paso que tal navaja no sería para cortar cosa alguna, pero era una Barlow, instrumento indiscutido, precioso... Aunque no se sabía de dónde sacarían los muchachos del Oeste la idea de que tal arma pudiera llegar a ser falsificada, es un misterio que nunca llegó a ponerse en claro. Tom logró hacer algunos cortes en el aparador, y se preparaba a probar con la mesa, cuando lo llamaron para vestirse y acudir a la escuela dominical.

Mary le puso delante de una palangana de estaño y un trozo de jabón, pero él salió y puso la palangana sobre un banquillo; después mojó el jabón en el agua y lo colocó sobre el banco; se desnudó los brazos, vertió suavemente el agua en el suelo, y, acto seguido, entró en la cocina y empezó a restregarse vigorosamente con la toalla colgada detrás de la puerta. Pero Mary se la quitó, diciendo:

—¿No te da vergüenza? ¿Por qué le tienes miedo al agua?

Tom la miró desconcertado. Llenaron de nuevo la palangana, y esta vez Tom se inclinó sobre ella sin acabar de decidirse. Luego, comprendiendo que no tenía escapatoria, hizo una profunda aspiración, y empezó. Cuando volvió a entrar en la cocina con los ojos cerrados, buscando a tientas la toalla, un laudable testimonio de agua y burbujas de jabón le corría por la cara y goteaba en el suelo. Pero cuando volvió a brillar la luz entre la toalla, todavía no estaba aceptable, pues el territorio limpio terminaba en la barquilla, y más allá de esa línea había una oscura extensión que abarcaba las mejillas, la frente y el cuello. Mary lo agarró por su cuenta, y cuando terminó con él, Tom era un chico nuevo; el pelo aparecía cuidadosamente cepillado, formando rizos separados unos de otros, cosa que, por parecerle propia de las mujeres, no le gustaba ni pizca.

Mary sacó después un traje que Tom solo se ponía los domingos. En la casa era llamado «el otro traje», por lo cual puede deducirse lo limitado de su guardarropa. Cuando lo tuvo puesto, Mary le dio un repaso, abotonándole la chaqueta hasta la barbilla y le encasquetó en la cabeza, previo cuidadoso cepillado, un sombrero de paja moteado.

Acicalado de tal modo, aparecía mejorado, pero atrozmente incómodo. Aquel traje y aquel aseo eran para él una especie de cárcel, dentro de la cual sus movimientos resultaban embarazosos y ridículos. Todavía esperaba que Mary se olvidara de los zapatos, pero la esperanza resultó fallida. Se los untó con sebo, según se usaba, y se los presentó. Tom, perdida la paciencia, protestó que siempre lo obligaban a hacer lo que no quería. Mary le respondió:

—Vamos, Tom, sé buen chico.

Tom se los calzó gruñendo. Mary, arreglada en un periquete, marchó con los dos chicos a la escuela dominical, lugar que Tom aborrecía con toda su alma. Por desgracia, a Sid y a Mary les gustaba.

El horario era de nueve a diez y media; luego seguía el servicio religioso. Dos de los niños se quedaban siempre al sermón... El otro se quedaba también..., por más contundentes motivos. En los asientos sin tapizar y de alto respaldo se acomodaban unas trescientas personas. El edificio era pequeño, hecho de tablas, con un campanario también de madera, que parecía un cucurucho. Al llegar a la puerta, Tom se quedó atrás, abordando a un compañero tan endomingado como él:

—Bill, ¿tienes un cupón amarillo?

—Sí.

—¿Qué pides por él?

—¿Qué me ofreces tú?

—Un trozo de regaliz y un anzuelo.

—Enséñamelos.

Eran aceptables para Bill, así que cambiaron de mano. Tom cambalacheó después un par de canicas por tres cupones rojos, y ofreció otras cosillas por dos azules. Salió al encuentro de otros muchachos, a medida que se acercaban a la iglesia, y durante un cuarto de hora estuvo ocupado en canjear sus pertenencias por cupones de diversos colores.

Al fin hizo su entrada en la iglesia, con un enjambre de chicos y chicas, limpios y parlanchines. Al llegar a su banco inició una riña con el primer muchacho que encontró a mano. El maestro, hombre grave, ya entrado en años, intervino. Después, al volverles la espalda, Tom tiró del pelo al rapaz que tenía delante, y ya estaba absorto en la lectura de su libro cuando la víctima miró hacia atrás. Para oírlo chillar, pinchó a un tercero con un alfiler, y se ganó una buena reprimenda del maestro. Durante las clases, Tom se comportaba de la misma manera: inquieto, nervioso, pendenciero...

Al llegar el momento de recitar las lecciones, ninguno se las sabía bien, y había que irles recordando palabras a cada frase. Trabajosamente fueron saliendo del paso, y a cada uno se le recompensaba con cupones azules, en los que estaban impresos pasajes bíblicos.

Cada cupón azul era el precio de recitar dos versículos; diez azules equivalían a un cupón rojo, y diez rojos equivalían a uno amarillo. Por diez amarillos, el superintendente regalaba una Biblia modestamente encuadernada, que en aquellos tiempos felices valía cuarenta centavos.

¿Cuántos de mis lectores hubieran tenido la laboriosidad y constancia suficientes como para aprenderse de memoria dos mil versículos, ni aun por una biblia ilustrada por Doré? Y, sin embargo, Mary había ganado dos de estos libros. Fue una hazaña lograda a lo largo de dos años. Se recordaba como un ejemplo digno del mayor encomio la de otro muchacho de estirpe germánica que había conquistado cuatro o cinco. El dueño de esta monstruosa memoria había recitado una vez tres mil versículos sin detenerse. Pero digamos, para consuelo de los chicos normales, que sus facultades mentales no pudieron soportar aquel esfuerzo y se convirtió en un idiota. Fue una pérdida dolorosa para la escuela; en las ocasiones solemnes, el superintendente sacaba siempre a relucir el recuerdo de aquel chico para «darse pisto», como decía Tom.

Solo los alumnos mayores llegaban a conservar los cupones y a persistir en la fastidiosa labor para lograr una biblia. La entrega de uno de estos premios constituía un raro y notable acontecimiento. El alumno premiado se convertía inmediatamente en un ser capaz de encender en el pecho de cada escolar una ardiente admiración, que solía persistir durante un par de semanas. Hay que reconocer que Tom nunca había sentido verdadera ansiedad por conquistar uno de esos premios, pero, de un tiempo a esta parte, pareció cambiar de idea, y resolvió ingeniárselas para no ser de los últimos.

En el momento preciso, el superintendente se colocó frente al público. Tenía en la mano un libro de himnos cerrado, con el dedo índice entre sus páginas. Reclamó silencio.

Cuando un superintendente de escuela dominical se dispone a pronunciar su acostumbrado discurso, es tan necesario tener en la mano un himno como un cantor la partitura del aria mientras avanza hacia el público, aunque esto resulta un misterio, ya que ni el libro ni la partitura son nunca consultados.

El superintendente era un individuo delgado, de unos treinta y cinco años, con una perilla rubia y el pelo corto del mismo color. Usaba un cuello almidonado, tieso, cuyo borde le llegaba hasta las orejas, un vallado que le obligaba a mirar siempre hacia delante y a dar la vuelta al cuerpo cuando era necesaria una mirada lateral. Un amplio lazo de corbata apuntaba su barbilla, calzando botas con las punteras hacia arriba, como patines de trineo. Para conseguir este resultado, los jóvenes elegantes necesitaban sentarse horas y horas con las puntas de los pies fuertemente apoyadas en la pared. A pesar de todo, míster Walters tenía un aire cordial y consideraba las cosas y los lugares religiosos con tal reverente interés que, sin que se diera cuenta de ello, la voz que usaba en la escuela había adquirido una entonación que la hacía completamente distinta de la que usaba en los demás días de la semana. Empezó diciendo:

—Deseo, niños, que os estéis sentados todo lo quietos que podáis para escucharme con atención durante dos minutos. Así, así me gusta. Así es como deben estar los buenos niños y las buenas niñas. Estoy viendo a una chica que mira por la ventana; me temo que se figura que yo ando por ahí fuera, acaso subido a la copa de un árbol, dirigiendo mi discurso a los pajaritos. *(Risitas de aprobación.)* Necesito deciros el gozo que siento viendo tantas caritas alegres y limpias, reunidas en un lugar como este, aprendiendo a hacer buenas obras, a comportarse bien...

No hay para qué relatar el resto de la oración. El modelo no cambiaba y, por eso, resultaba familiar a todos.

El discurso se malogró en su última parte, al estallar pendencias y otros escarceos entre los chicos menos pacientes. La marea llegó hasta el inconmovible reducto de Sid y Mary. Pero el ruido cesó al extinguirse la voz de míster Walters, y el término del discurso fue recibido con un gran suspiro de gratitud.

Los cuchicheos habían sido producidos por un acontecimiento más o menos raro: la entrada de visitantes. Eran el abogado Thatcher, acompañado de un viejecillo decrépito, un imponente caballero de pelo gris y una señora solemne, sin duda esposa de este. La señora llevaba una niña de la mano.

Tom se había sentido intranquilo y angustiado. No podía cruzar su mirada con la de Amy Lawrence ni soportar las que esta le dirigía. Pero cuando fijó sus ojos en la niña recién llegada, una oleada de dicha inundó su alma. Un instante después estaba haciéndose notar a toda máquina. Puñetazos a los otros chicos, tirones de pelo, muecas extrañas; en una palabra, empleaba todas las artes de seducción de que era capaz de echar mano para fascinar a la niña y conseguir su aplauso. Su alegría no tenía más que una espina: el recuerdo de su humillación en el jardín, pero ese recuerdo era barrido por la marea de felicidad que ahora pasaba sobre él.

Mientras tanto, los visitantes habían ocupado el más encumbrado asiento de honor, y tan pronto como míster Walters terminó su perorata, los presentó a la escuela. El caballero del pelo gris resultó ser nada menos que el juez del condado; sin duda, el ser más importante en que los niños habían tenido, hasta entonces, oportunidad de poner sus ojos. Y pensaban de qué sustancia estaría formado, y hubieran deseado oírlo bramar y hasta tenían un poco de miedo de que lo hiciera. Había venido desde Constantinopla, a doce millas de distancia, lo que le confería la alta cualidad de haber visto mundo. Aquellos mismos ojos habían contemplado la Casa de Justicia del condado, de la que se decía que tenía el techo de cinc. El pasmo mantenía desmesuradamente abiertos los ojos de los rapaces. Aquel era el gran juez Thatcher, hermano del abogado de la localidad.

Jeff Thatcher se adelantó para mostrarse familiar con el gran hombre y excitar la envidia de la escuela. Si Jeff hubiera podido escuchar los comentarios, estos hubieran sonado en sus oídos como música celestial.

—¡Fíjate, Jim! Se va arriba con ellos. Mira, mira; ahora le da la mano. ¡Lo que darías tú por ser Jeff!

Míster Walters quiso sacar tajada de tan importante visita. Se puso a presumir, dando órdenes, emitiendo juicios y disparando instrucciones hacia aquellas partes donde podía encontrar un blanco. El bibliotecario «presumió» corriendo de acá para allá con brazadas de libros y con todos los aspavientos en que se deleita la autoridad-insecto.

Tampoco dejaron escapar la oportunidad de hacerse notar las señoritas instructoras, inclinándose melosamente sobre escolares a los que acababan de dar tirones de orejas, amenazando con los dedos a los alborotadores. Los caballeretes instructores, para no ser menos, «presumían» prodigando regañinas y demostrando su autoridad ante los «malos» y dando palmaditas a los «buenos».

A su vez, las niñas «presumían» de mil distintos modos, y los chicos lo hacían con tal diligencia que llenaban el aire con sus rumores y los proyectiles de papel. Y allá, al frente, el gran hombre irradiaba su majestuosa sonrisa judicial sobre la movible concurrencia, calentándose al sol de su propia grandeza.

Solo faltaba una cosa para completar el gozo de míster Walters: la ocasión de dar el premio de la biblia y exhibir un niño fenómeno merecedor de él.

Algunos escolares tenían cupones amarillos, pero ninguno había reunido los necesarios. Hubiera dado todo el oro del mundo por la presencia de aquel muchacho alemán, pero con la mente recompuesta.

Cuando semejante dicha parecía inalcanzable, Tom Sawyer se adelantó con nueve cupones amarillos, nueve rojos y diez azules, y solicitó una biblia.

Aquello fue como un rayo cayendo de un cielo despejado. Walters no esperaba un milagro semejante, y menos de Tom. Pero era preciso rendirse a la evidencia. Allí estaban los cupones y eran moneda legal. Tom fue elevado en el acto al sitio que ocupaban el juez y los demás personajes. La gran noticia se proclamó desde el estrado. Era la más pasmosa de la década. Y produjo tal sensación, que el nuevo héroe quedó a la altura del héroe judicial.

Acto seguido, los chicos se sintieron mordidos por la envidia. Pero los más atormentados eran aquellos que se daban cuenta de que ellos mismos habían contribuido a aquella odiosa apoteosis por haber cedido sus cupones a Tom a cambio de las chucherías obtenidas por este vendiéndoles el favor de dejarles pintar la valla. Sentían desprecio de sí mismos por haber sido víctimas de tan astuto defraudador.

El premio fue entregado a Tom. Pero el superintendente sentía que por dentro le andaba la procesión. Era sencillamente inadmisible creer que aquel chico almacenaba en su granero dos mil gavillas de sabiduría bíblica, cuando una docena bastaría, seguramente, para llenar su mente. Amy Lawrence miraba al héroe orgullosa y contenta, y trató de que Tom se lo notara. Pero no había modo de que este la mirase. No, no adivinaba la causa; enseguida la asaltó una vaga sospecha. Vigilaba atenta al héroe. Una furtiva mirada de este fue una revelación. Se encogió como si hubiera recibido un dardo en el pecho, y lágrimas de celos y rabia brotaron de sus ojos.

—Tom, te aborrezco —pensó.

Mientras tanto, este era presentado al juez. Nada podía decir. Sentía la lengua paralizada y el corazón le palpitaba obligándolo a respirar dificultosamente. ¡Qué pequeño se sentía ante la imponente grandeza del juez, padre de *ella*!

Si hubiera estado a oscuras, de buena gana se habría postrado ante el personajón para adorarlo. Apenas si se dio cuenta cuando el juez, poniéndole la mano en la cabeza, le dijo que era un hombrecillo de provecho, y le preguntó su nombre. El chico tartamudeó su nombre:

—Tom.

—Thomas, Thomas... —corrigió el superintendente.

—Bien, chiquillo, pero algo más te llamarás, además de eso. ¿Quieres decírmelo?

—Dile al caballero cuál es tu apellido, Thomas —intervino Walters—. Y dile, además, «señor».

—Thomas Sawyer, señor.

—¡Muy bien! Así hacen los hombrecitos. Eres un fenómeno, muchacho. Dos mil versículos son toda una montaña. Nunca te arrepentirás del trabajo que te costó aprenderlos, pues el saber es lo que más vale en el mundo. Engrandece a los hombres y los hace buenos. Tú serás algún día un hombre grande y virtuoso, Thomas, y entonces te dirás: «Todo se lo debo a la inapreciable escuela dominical». No olvides a tus profesores, al buen superintendente que te regala esa magnífica biblia. Por todo el oro del mundo no darías esos dos mil versículos que tienes en la cabeza. Y ahora, ¿querrás decirnos a esta señora y a mí algo de lo que sabes? A nosotros nos enorgullecen los chicos aplicados. Nómbranos a los doce discípulos del Señor. O, al menos, a los dos primeros que fueron elegidos.

Tom se tiraba de un botón de la chaqueta con aire borreguil. Estaba rojo y bajaba la cabeza. Míster Walters empezó a sudar, diciéndose que no era posible que aquel muchacho respondiera a la menor pregunta. ¡En qué hora se le ha ocurrido al juez interrogarlo! Sin embargo, se creyó obligado a salvar la situación, y dijo:

—Contesta a este señor, Thomas. No tengas miedo.

43

Tom parecía petrificado.

La señora se inclinó sobre él.

—Me lo dirás a mí —dijo cariñosa—. Veamos, los nombres de los primeros discípulos fueron...

—David y Goliat —estalló Tom.

Será mejor dejar caer en velo compasivo sobre el resto de la escena.

CAPÍTULO V

Eran las diez y media de la mañana. La campana de la pequeña iglesia empezó a tañer y la gente fue acudiendo para el sermón.

Los niños de la escuela dominical se sentaron junto a sus padres para quedar bajo su vigilancia. Así, junto a tía Polly se sentaron a su lado Tom, Sid y Mary. Tom tuvo que ocupar el lado del pasillo, para quedar lo más lejos posible de las seductoras perspectivas que brindaba la ventana abierta sobre el campo.

Poco a poco, el vecindario iba llenando la iglesia: el administrador de Correos, un viejecillo venido a menos, que había conocido mejores tiempos; el alcalde y su mujer —pues el pueblo tenía alcalde, entre las cosas innecesarias—; el juez de paz. Luego hizo su entrada la viuda de Douglas, bella, elegante, una cuarentona generosa y rica, cuya casa en el monte era el único palacio de los alrededores, y ella la persona más hospitalaria para dar fiestas, de las que San Petersburgo se podía envanecer; el venerable comandante Ward y su esposa; el abogado Riverson, nueva notabilidad en el pueblo. Después entró la más famosa belleza local, seguida de una escolta de juveniles tenorios, muy peripuestos con sus trajes de dril. Siguieron a estos los horteras del pueblo, en corporación, pues habían permanecido en el atrio chupeteando los puños de sus bastones y formando un muro circular de caras bobaliconas, sonrientes, acicaladas y admirativas, hasta que la última muchacha cruzó bajo sus miradas; y detrás de todos, el niño modelo, Willie Mufferson, acompañando a su señora mamá, con tal exquisito cuidado como si fuera una figura de cristal de Bohemia. Era el encanto de todas las matronas y el ser más aborrecido por los muchachos, pues nadie se libraba de que se lo pusieran como ejemplo de las máximas virtudes. Tom observó que la punta del blanco pañuelo le colgaba del bolsillo como por casualidad. Tom no tenía pañuelo; para él, los chicos que lo usaban eran unos cursis.

Reunidos ya todos los fieles, la campana tocó una vez más para estimular a los retrasados o remolones, y un silencio solemne se hizo en toda la iglesia, solo interrumpido por las risitas contenidas de los chicos y los cuchicheos del coro allá en lo alto de la galería. De allí partían siempre los cuchicheos y las risas contenidas, estorbando el silencio religioso. La verdad es que no he conocido coro que se librase de este defecto; tal vez exista alguno en el extranjero, pero allí, en el pueblo, las cosas eran como las describo, y no cambiaban.

El pastor dio la señal de empezar el himno. Comenzaba con un medio tono, y la voz se iba alzando, alzando, hasta llegar a cierto punto, luego se hundía como en un hoyo sin fondo:

> Yo he de llegar a los cielos pisando nardos y rosas,
> mientras otros van luchando entre mareas borrascosas.

El pastor era considerado un hombre de depurado gusto. En las fiestas «sociales» que se celebraban en la iglesia se le pedía siempre que leyese versos. Y cuando lo hacía, las señoras se conmovían tanto que levantaban las manos y las dejaban caer desfallecientes en su regazo. Con los ojos entornados de felicidad, parecían decirse:

—¡Oh! Es demasiado hermoso para este mundo...

Concluido el himno, míster Sprague, el reverendo, se convirtió en un recitador de anuncios, empezando a dar cuenta de asociaciones, reuniones y acontecimientos diversos, de tal modo que parecía que la lista iba a durar hasta el día del Juicio Final. Esta extraordinaria costumbre no ha sido aún desterrada de América, a pesar de la abundancia de periódicos que se publican. A menudo, cuanto menos justificada está una costumbre, más trabajo cuesta desarraigarla.

Después, el pastor oró. Fue una plegaria llena de generosidad, pidiendo por la iglesia y por los hijos de la iglesia, por las demás iglesias del mundo, por este y el condado; por el Estado y sus funcionarios, por el Congreso y por el presidente; por los empleados del Gobierno; por los pobres marinos que atraviesan el receloso mar; por los millares de oprimidos bajo el talón de las monarquías europeas y de los déspotas de Oriente; por los que tienen ojos y no ven y oídos y no oyen, y concluyó suplicando que las últimas palabras que iba a pronunciar cayeran como semilla en tierra fértil, dando abundante cosecha de bienes. Amén.

Hubo un movimiento general, un rumor de faldas y algún que otro bostezo difícilmente contenido. La congregación se sentó. Tom no saboreó la plegaria. No hizo más que soportarla, si es que llegó a tanto. Mientras duró, estuvo inquieto; de manera casi inconsciente, no perdió detalle, pues se sabía la ceremonia al dedillo, y cuando el pastor injertaba en la oración algo que no había oído antes, todo su ser se llenaba de indignación. Para él, los añadidos eran trampas o picardías. En la mitad del rezo una mosca vino a posarse en el respaldo del banco que tenía delante.

Tom vio cómo el insecto se frotaba con calma las patitas delanteras; luego se abrazaba con ellas la cabeza con tal vigor que parecía querer arrancársela del hilito de pescuezo. Después se restregó las alas con las patas traseras; también las amoldaba al cuerpo como los faldones de un frac, Tom sentía en las manos una irresistible comezón de darle caza, pero no se atrevía. Temía producir una catástrofe haciendo tal cosa en medio de la oración. Pero al llegar la última frase, ahuecó la mano, adelantándola cautelosamente. Y en el instante de sonar el «Amén», la mosca pasó a ser un prisionero de guerra. Pero la tía lo vio y le obligó a soltarla.

Tras citar el texto sobre el que iba a versar el sermón, el pastor prosiguió con monótono zumbido de moscardón una homilía tan pesada, que a muchos fieles se les oscureció el sentido, hasta el punto de dar cabezadas de sueño. Y, sin embargo, el sermón aludía a fuegos infernales, a gigantescas llamas sulfurosas de las que solo se salvaban un corto número de elegidos. Tom, al salir de la iglesia, sabía cuántas páginas había leído el pastor, pero sin recordar nada más acerca de su contenido. Sin embargo, esta vez hubo un momento en que puso mucha atención: fue cuando el pastor trazó el cuadro de la reunión del león y del cordero en presencia de las almas de miles y miles de hombres. Pero el chico no comprendía el sentido de la moraleja; tan solo pensó en el papel de protagonista, y se dijo que daría cualquier cosa por ser él aquel niño, siempre, naturalmente, que el león estuviera domado...

Volvió a caer en abrumador tedio cuando el sermón siguió su curso. De pronto le asaltó el recuerdo de que era dueño de un tesoro, y lo sacó. Se trataba de un insecto negro, una especie de escarabajo con formidables mandíbulas, un «pellizquero», según él lo llamaba. Lo llevaba encerrado en una caja de perdigones.

Al verse libre, lo primero que hizo el bicho fue cogerlo de un dedo. Con un papirotazo, el escarabajo cayó dando tumbos en la caja, quedando patas arriba. Con la misma rapidez, el dedo herido fue a parar a la boca de su dueño. El animalito forcejeaba inútilmente, sin poder darse vuelta. Tom no apartaba de él la mirada, ansiando volver a cogerlo. Pero ya estaba a salvo, lejos de su alcance. Otras personas, aburridas del sermón, encontraron alivio en el bicho, mirándolo con curiosidad.

Un perro de lanas llegó hasta el banco, amodorrado por el calor, suspirando por un cambio de sensaciones. Al ver al escarabajo, su rabo se levantó. Examinada la presa, dio una vuelta a su alrededor y la olfateó desde una prudente distancia. Luego volvió a dar otra vuelta; se envalentonó, y la dio desde más cerca... Luego, enseñándole los dientes, le tiró una dentellada tímida, que no le alcanzó. Siguió otra embestida; luego otra. La cosa empezaba a divertirle. Se tendió sobre la barriga, con el escarabajo entre las patas delanteras, y siguió sus experimentos.

Pero empezó a sentirse cansado, hasta dar cabezadas de sueño. Poco a poco el hocico fue bajando hacia su enemigo, el cual se prendió en el acto en él. Estalló un aullido estridente y una violenta sacudida de la cabeza del perro, y el escarabajo fue a caer un par de metros más adelante, aterrorizado, de espaldas, como la otra vez.

Los espectadores más próximos se agitaron con un suave regocijo interior. Varias caras se escondieron tras abanicos y pañuelos, y esto ponía a Tom en la cúspide de la felicidad.

El perro parecía desconcertado, pero tenía, además, sed de venganza. Se acercó nuevamente al escarabajo, emprendiendo un cauteloso ataque, con saltos desde varios puntos, cayendo con las patas a menos de una pulgada del bicho, y tirándole dentelladas cada vez más próximas. Luego, abandonando la operación, trató de solazarse con una mosca. Siguió a una hormiga, dando vueltas con la nariz pegada al suelo. También de eso se aburrió enseguida. Bostezó, suspiró, se olvidó por completo del escarabajo, y ¡se sentó encima de él! Entonces se oyó un desgarrador alarido. Los aullidos se precipitaban, y el perro se sacudía y saltaba como si estuviera en contacto con una corriente eléctrica. Varias veces corrió a lo largo de la iglesia, y de una a otra nave, aturdiendo a los devotos asistentes. Al fin, vencido, mártir, saltó al regazo de su dueño, quien se apresuró a echarlo por la ventana. Sus alaridos venían ahora de lejos y acabaron por apagarse.

La concurrencia tenía las caras enrojecidas y se atosigaba reprimiendo sus risas. El sermón estaba atascado. Al reanudarse, había perdido su brío inicial; se arrastraba claudicante entre los labios del pastor. Este sabía que el efecto de sus palabras estaba malogrado en medio del profano regocijo. Y todos sintieron una impresión de alivio cuando el párroco les echó su bendición.

Tom volvió a casa contentísimo, pensando que el servicio religioso podía tener gracia si se lo mezclaba con algún incidente. Solo una nube oscurecía su dicha. Le parecía bien que el perro jugase con el insecto, pero no que se lo hubiese llevado como cosa de su propiedad.

CAPÍTULO VI

Las mañanas de los lunes eran siempre desagradables para Tom Sawyer.

Esas mañanas eran el comienzo de otra semana de lento padecer en la escuela. Su primer pensamiento era que la interposición de un día festivo, el domingo, hacía más odiosa la vuelta a la esclavitud.

Pensando, se le ocurrió que ojalá estuviese enfermo; así no tendría necesidad de ir a la escuela. Pasó revista a su organismo. No apareció dolencia alguna. Hizo un nuevo repaso a su cuerpo. Esta vez creyó que podría alegar ciertos síntomas de cólico. Puso en esta posibilidad grandes esperanzas. Pero los supuestos dolores desaparecieron a poco. Volvió a reflexionar. De pronto descubrió que se le movía un diente. Era una circunstancia feliz. Estaba a punto de empezar a quejarse para dar la alarma, cuando se le ocurrió que si acudía ante el «tribunal» con aquel argumento, su tía se lo arrancaría de un tirón, y eso le iba a doler. Decidió dejar el diente en reserva y buscar por otro lado.

Entonces recordó haber oído hablar al médico de una cierta cosa que tuvo a un paciente en cama cerca de tres semanas y lo puso en peligro de perder un dedo. Sacó un pie de entre las sábanas; un dedo le dolía, pero se encontró con que no conocía los síntomas de la enfermedad. Sin embargo, le pareció que valía la pena apropiarse de aquel pretexto, y rompió a llorar con gran energía.

Pero Sid seguía durmiendo, sin darse cuenta.

Tom elevó el tono de sus sollozos, y se le figuró que, en efecto, empezaba a sentir dolor en el dedo enfermo.

Ningún efecto en Sid.

Jadeante de tanto esfuerzo, Tom se tomó un descanso. Proveyéndose de aire, consiguió lanzar unos quejidos admirables.

Sid seguía roncando.

Tom, indignado, le sacudió, gritándole:

—¡Sid! ¡Sid! ¡Ay, Dios mío!

Esta vez Sid bostezó, se desperezó y, apoyándose en un codo, se quedó mirando a Tom.

—¿Qué te pasa?

Tom seguía sollozando.

—Voy a llamar a la tía...

—No importa. No llames a nadie; ya se me pasará... —respondió Tom con voz quejumbrosa.

—La llamaré. No llores así, hombre. Me das miedo, Tom. ¿Cuánto hace que estás así?

—Horas, horas... ¡Ay, Sid! No me muevas, que me matas.

—Haberme avisado antes, pero calla, Tom. No llores de ese modo, que me pones la carne de gallina.

—Todo te lo perdono, Sid... *(Quejido.)* Sí, te perdono todo el mal que me has hecho. Y cuando me muera...

—Tom, que no te vas a morir... ¿Verdad que no?

—Perdono a todos, Sid. *(Quejido.)* Óyeme, Sid. Le darás mi falleba y mi gato tuerto a esa niña nueva que ha venido al pueblo. Le dices...

Pero Sid había salido escapando de miedo.

Mientras bajaba las escaleras, gritaba:

—¡Corra, tía Polly! ¡Tom se está muriendo!

—¿Muriendo?

—Sí, tía. ¡Deprisa, deprisa!

—No te creo.

Sin embargo, corrió escaleras arriba, con Sid y Mary a la zaga. Pálida, temblándole los labios, llegó junto a la cama de Tom.

—Tom, ¿qué te pasa?

—¡Ay, tía!... Estoy...

—Tía, tía... ¡Tengo un dedo del pie irritado!

La anciana se sentó en una silla. Rio un poco; lloró otro poco... Esto pareció tranquilizarla.

—¡Qué rato me has dado, niño! —exclamó al fin—. Déjate ya de esas tonterías y a levantarse a escape.

Cesaron los gemidos y el dolor desapareció del dedo. El muchacho, mohíno, murmuró:

—Parecía que estaba irritado, tía Polly. Tanto me dolía, que no me importaba nada el diente.

—¿El diente? ¿Qué le pasaba al diente?

—Tengo uno que se mueve y me duele una barbaridad.

—Cállate; no empieces otra murga. A ver, abre la boca. Bueno, ese es el que se menea, pero por un diente que se mueve no te vas a morir. Mary, tráeme un hilo de seda y un tizón encendido del fogón.

—¡Por Dios, tía! No me lo saques; ya no me duele. ¡Que me muera si es mentira! No, no me lo saques; no vayas a pensar que quiero quedarme en casa y no ir a la escuela.

—¿De modo que toda esta comedia ha sido para no ir a la escuela, eh?... Querías ir de pesca. Vamos, Tom, Tom. ¡Tanto como yo te quiero, y tú matándome a disgustos!

Ya estaban preparados los instrumentos de cirugía dental. La anciana sujetó el diente con un lazo corredizo, y ató el otro extremo del hilo a una barra de la cama. Cogió después el tizón hecho ascua y lo arrimó de pronto a la cara de Tom, casi hasta tocarlo. El chico dio un respingo, y el diente quedó balanceándose del hilo atado a la barra.

Todas las penas tienen sus compensaciones. Mientras iba hacia la escuela, después del desayuno, Tom causó la envidia de cuantos chicos lo encontraron porque la mella le permitía escupir de un modo nuevo. Fue reuniendo un cortejo de chiquillos interesados en aquella habilidad, y uno de ellos que, por haberse cortado un dedo, había sido hasta entonces un héroe local, se encontró de pronto sin un solo admirador. Falto de su gloria, sintió encogérsele el corazón y, con fingido desdén, dijo que no tenía importancia escupir como Tom; pero otro chico le contestó:

—¡Envidia!

Y el del dedo se alejó solitario, como un héroe olvidado.

Al poco rato, Tom se encontró con el paria infantil de aquellos contornos: Huckleberry Finn, hijo del borracho del pueblo. Huckleberry era aborrecido por todas las madres del lugar, por sus condiciones de holgazán y desobediente. Y porque los hijos de todas ellas lo admiraban tanto y se deleitaban con su compañía, lamentando no ser tan atrevidos como él. Tom se parecía a todos los muchachos decentes en que admiraba a Huckleberry por desastrado y en que había recibido órdenes terminantes de no jugar con él. Pero estos prejuicios, lejos de alejarlo de Huckleberry, lo acercaban a él. Huckleberry andaba vestido con los desechos de ropa de la gente adulta, y era toda una fiesta de jirones y manchas. El sombrero constituía, con su media ala de menos, una vasta ruina, y la chaqueta, cuando la tenía, le llegaba hasta los talones. Un solo tirante le sujetaba los pantalones, cuyo fondillo deshilachado lo arrastraba por el polvo o el barro cuando no se lo levantaba hasta la rodilla.

Huckleberry vivía feliz como un pájaro, haciendo su santa voluntad. Cuando hacía buen tiempo, dormía en los quicios de las puertas. Los toneles vacíos eran su vivienda cuando llovía. No tenía que ir a la escuela ni asistir a la iglesia; no reconocía amo ni señor; no tenía que obedecer a nadie. Nadaba o se iba de pesca cuando le daba la gana. Nadie le impedía andar a puñetazos y podía trasnochar cuanto quería. Era el primero en descalzarse en primavera y el último en ponerse zapatos en el otoño; no tenía que lavarse ni ponerse ropa limpia; sabía jurar de modo prodigioso. En una palabra: todo lo que hace la vida apetecible a los muchachos, él lo tenía a su alcance. Así lo pensaban todos los chicos de San Petersburgo, cohibidos por aquel romántico vagabundo.

Tom lo saludó:

—¡Hola, Huckleberry!

—¡Hola, tú! A ver, mira si te gusta.

—¿Qué es lo que tienes?

—Un gato muerto.

—Déjame verlo, Huck. ¿Dónde lo has encontrado tan tieso?

—Se lo cambié a un chico.

—¿Qué diste por él?

—Un bono azul y una vejiga que me dieron en el matadero.

—¿Y de dónde sacaste el bono azul?

—Me lo dio Ben Rogers hace dos semanas, a cambio de un bastón.

—Huck, ¿para qué sirven los gatos muertos?

—Dicen que para curar verrugas.

—¿De veras? Yo sé una cosa que es mejor.

—Di lo que es.

—Agua de yesca.

—¿Agua de yesca? ¡No daría yo un pito por agua de yesca!

—¿Que no? ¿Has hecho la prueba?

—Yo no, pero Bob Tanner la hizo.

—¿Quién te lo ha dicho?

—Él se lo dijo a Jeff Thatcher, y Jeff se lo dijo a Johnny Baker; Johnny a Jim Hollis, y Jim a Ben Rogers, y Ben a un negro, y el negro me lo dijo a mí. ¡Ahí tienes todos los que lo saben!...

—¿Y qué hay con eso? Todos mienten. Por lo menos todos, a no ser el negro; a ese no lo conozco, pero no existe negro que no mienta. Y dime, ¿cómo lo hizo Bob Tanner?

—Pues fue y metió la mano en el tronco de un árbol podrido donde había agua de lluvia.

—¿Durante el día?

—Sí, por el día.

—¿Con la cara vuelta al tronco?

—Creo que sí.

—¿Y dijo alguna cosa?

—Me parece que no.

—¡Vaya un modo de curar verrugas con agua de yesca! Eso no sirve de nada. Tiene uno que ir solo en medio del bosque, donde sepa que hay un tronco con agua. Al llegar la medianoche, hay que tumbarse de espaldas en el tronco, meter la mano en el agua y decir:

Tomates, tomates, tomates y lechugas;
agua de yesca, quítame las verrugas.

Y enseguida dar once pasos; después marcharse a casa sin hablar con nadie. Si uno habla, se rompe el hechizo...

—El remedio parece bueno, pero así no es como lo hizo Bob Tanner.

—Claro que no lo hizo así. Como que Bob es el que tiene más verrugas del pueblo, pero no tendría una sola si supiera manejar el agua de yesca como es debido. Así me he quitado de las manos más de mil. Me salen a montones por jugar con las ramas. Algunas veces, me las quito con una judía.

—Las judías son buenas; ya he hecho yo la prueba.

—¿Cómo te arreglas?

—Cogiendo la judía y partiéndola por la mitad. Luego se saca un poco de sangre de la verruga. Después se moja con ella un trocito de la judía y se hace un agujero en una encrucijada, hacia la medianoche, cuando no hay luna. Luego se quema el otro pedazo de la judía. Seguidamente se tira el pedazo que tiene la sangre, que va a juntarse con el otro pedazo. Así se consigue que la sangre tire de la que tiene la verruga. Enseguida esta empieza a desprenderse y de un tirón se la arranca.

—Así se hace, Huck, de verdad. Pero si mientras estás enterrando la judía dices: «Fuera la verruga», es mucho mejor. De esa manera lo hace Joe Harper, que ha ido hasta cerca de Coonville, y casi conoce medio mundo. Pero ahora dime cómo las curas tú con gatos muertos.

—Pues coges el gato y subes con él al camposanto, cerca de la medianoche. Elige el día que hayan enterrado a alguien que haya sido muy malo... Al llegar la medianoche vendrá un diablo a llevárselo. A veces suelen ir dos o tres.

—¡Caray!

—No te asustes, bobo. Uno no los ve; solo se oye algo así como si el viento se quejara... Y cuando los demonios se estén llevando al enterrado, les tiras el gato y dices: «Diablo, sigue al difunto; gato, sigue al diablo. Verruga, sigue al gato; ya acabé contigo». Te juro que no queda ni una.

—¿Has probado tú eso, Huck?

—No, me lo dijo la tía Hopkins, la vieja.

—Pues entonces debe ser verdad, porque dicen que es bruja.

—¿Dicen? Vamos, ¡bien sé yo que lo es! Fue la que embrujó a mi padre; él mismo lo cuenta. Un día venía andando y vio que la tía Hopkins lo seguía sermoneándole como hacen esas malditas mujeres. Cuando mi padre se dio cuenta, pilló un peñasco, y si ella no lo desvía con un hechizo la deja allí mismo.

—Es tremendo. ¿Cómo conoció que lo estaba embrujando?

—Mi padre sabe mucho de estas cosas. Dice que cuando a uno lo miran fijo, es que lo están embrujando. También dice que si cuchichean a su espalda, es que están diciendo el Padrenuestro al revés...

—Dime, Huck, ¿cuándo vas a probar con ese gato?

—Esta noche. Apuesto a que vienen a llevarse a Hoss Williams.

—Lo enterraron el sábado. ¿No crees que los diablos se lo llevaron ese mismo día por la noche?

—¡Pero hombre! ¿No ves que el gato no tiene poder hasta la medianoche? Se me figura que los diablos no andan sueltos los domingos, que es día santo.

—No se me había ocurrido pensar en eso. Así tiene que ser. ¿Me dejarás acompañarte?

—Bien, siempre que no tengas miedo...

—¿Miedo yo? ¡Vamos, anda!... ¿Maullarás como los gatos?

—Sí, y tú me contestarás con otro maullido. La última vez que nos entretuvimos en esto, me dejaste maullando hasta que el tío Hays salió a tirarme piedras, gritando: «¡Maldito gato!». Así es que eché mano a un ladrillo y se lo lancé por la ventana. Pero no lo cuentes por ahí.

—No lo diré. Aquella noche no pude maullar porque mi tía Polly me estaba acechando, pero esta vez será diferente. Maullaré. Pero ¿qué es eso que tienes ahí?

—Una garrapata.

—¿Dónde la has cogido?

—En el bosque.

—¿Qué quieres por ella?

—No quiero cambiarla.

—¡Bah! Ahora veo que es una gargantilla que no tiene valor.

—Eso te parecerá a ti; para mí es buena, o, mejor dicho, más que buena.

—Pero yo puedo coger algunas si me dedico a ello.

—¿Por qué no lo haces? Esta es una garrapata muy temprana; la primera que he visto este año.

—Escucha, Huck: te doy mi diente por ella.

—Enséñamelo.

Tom desdobló cuidadosamente un papelito. Huckleberry lo miraba codicioso, tratando de dominar su tentación. Al fin, preguntó:

—¿Es un diente de verdad?

Tom levantó su labio, enseñándole el lugar que había ocupado el diente.

—Bien —dijo Huckleberry—, trato hecho.

Tom metió la garrapata en la caja de perdigones que había sido la prisión del «pellizquero», y los dos rapaces se separaron, considerándose ambos más ricos que antes.

Cuanto Tom llegó a la casita aislada, de madera, donde estaba instalada la escuela, entró con apresuramiento. Después de colgar el sombrero en una percha, se precipitó en su asiento, con una mano puesta en el bolsillo donde llevaba la caja. El maestro, sobre la tarima, dormitaba en su gran butaca desfondada. La entrada del chico lo espabiló.

—¡Thomas Sawyer!

Tom sabía que cuando lo llamaban pronunciando su nombre completo, era signo de que las cosas no andaban bien.

—Para servirlo, señor maestro.

—Ven aquí. ¿Por qué llegas tarde, como de costumbre?

Tom estaba a punto de ampararse en una mentira, cuando sus ojos descubrieron dos largas trenzas de pelo dorado colgando por una espalda que reconoció con magnética simpatía. Y daba la casualidad de que junto a aquel pupitre estaba el único lugar vacío de la fila destinada a las niñas.

Al instante dijo:

—Me entretuve un poco hablando con Huckleberry Finn. —El maestro lo miró atónito. Parecía no comprender cómo Tom se atrevía a soltar aquel nombre en la clase. El zumbido de los alumnos quedó paralizado. Todos parecían preguntarse si Tom había perdido el juicio.

—¿Qué dices que has estado haciendo...? —musitó el maestro.

—Hablando con Huckleberry Finn.

El maestro adoptó un aire entre solemne e irritado para decir:

—Thomas Sawyer, esta es la más impertinente confesión que jamás oí. No basta la palmeta para semejante ofensa. Quítate la chaqueta.

El maestro lo solfeó hasta que se le cansó el brazo. La provisión de palmetas disminuyó notablemente. Después siguió la orden:

—Y ahora se va usted a sentar con las niñas. Y que le sirva de escarmiento.

Una cascada de risas y jolgorio corrió por toda la escuela.

Pero Tom, aunque amoscado, se acercó al lugar vacío, a la vera del ídolo desconocido. Tomó asiento humildemente en el extremo del banco de pino, advirtiendo que la niña se apartaba bruscamente de él. Pero no consideraba perdida la batalla. Codazos, guiños y cuchicheos, capaces de desmayar la voluntad de otro que no fuese Tom, volaban de uno a otro lugar de la clase. Tom, con los brazos extendidos sobre el pupitre, parecía indiferente a aquella tempestad, y para demostrarlo fijó sus ojos en el libro que acababa de abrir.

Poco a poco se fue apartando de él la atención general. Entonces el muchacho empezó a dirigir furtivas miradas a la niña de las trenzas. Ella, al advertirlo, le hizo una mueca, y le volvió el cuello por un rato largo. Cuando, cautelosamente, volvió los ojos hacia el audaz, se encontró con un melocotón ante ella.

Lo apartó de un manotazo. Tom, suavemente, volvió a colocarlo en el mismo sitio. Ella lo volvió a rechazar, despectiva. Tom, pacientemente, lo puso donde estaba. Y acto seguido garabateó en su pizarra este aviso: «Cógelo. Tengo más».

La niña echó una mirada a la pizarra, pero siguió impasible.

Tom se puso a dibujar en la pizarra, ocultando con la otra mano lo que estaba haciendo. Durante un rato, la niña no quiso darse por enterada. Pero la curiosidad empezó a manifestarse en ella con leves síntomas. Tom siguió dibujando como si no se diese cuenta de lo que pasaba. Luego, más envalentonada, la chica realizó un disimulado intento para ver. Tom simuló no advertirlo. Estaba entablada una batalla de curiosidad y disimulo. Al fin, ella se dio por vencida, y murmuró:

—Déjame ver.

Tom enseñó la lamentable caricatura de un paisaje. Una casa de tejado escamoso y un sacacorchos que quería representar una columna de humo saliendo por la chimenea. Sin embargo, la niña se interesó por aquella obra, olvidando todo lo demás. Cuando Tom dio los últimos toques, ella, admirada, murmuró:

—Es muy bonito. Tiene un hombre.

El artista había erigido delante de la casa un hombre que parecía una grúa. Aquel ser desproporcionado podía muy bien haber pasado por encima del edificio, pero careciendo la chica de espíritu crítico, el monstruo le gustó, y dijo:

—Ahora píntame a mí junto a ese hombre.

Tom dibujó un reloj de arena con una luna redonda encima y dos pajas de base. Después armó los desparramados dedos como un gran abanico. La niña exclamó:

—¡Ojalá supiera yo pintar así!

—Es muy fácil —dijo Tom—. Yo te enseñaré.

—¿Sí? ¿Cuándo?

—A mediodía. ¿Vas a almorzar a tu casa?

—Si quieres, me quedaré.

—¡Muy bien! ¿Cómo te llamas?

—Becky Thatcher. ¿Y tú?... ¡Ah! ¡Ya sé! Thomas Sawyer.

—Así es como me llaman cuando tienen que zurrarme. Cuando me porto bien, soy Tom. Tú llámame Tom. ¿Quieres?

—Sí.

Ocultándolo a la niña, Tom escribió algo en la pizarra. Pero ella había ya enterrado su timidez y le pidió que le dejase ver lo que hacía. Tom contestó:

—¡Bah! No es nada.

—Sí, algo me has puesto.

—Sí, algo...

—Pero no tiene importancia. Mejor que no lo veas.

—No importa; anda, déjame verlo.

—Luego lo irás a contar por ahí...

—Te prometo que no diré nada, nada, nada...

—¿A nadie? ¿Nunca a nadie, en toda tu vida?

—Te lo prometo.

Tom se sentía cada vez más fuerte ante la curiosidad que había logrado despertar en la chica. Presumía como un triunfador.

—¡Ea! ¡No me da la gana que lo veas!

—Pues por ponerte de ese modo, lo he de ver —porfió la niña.

Acto seguido cogió con la suya la mano de Tom y hubo un pequeño forcejeo. Nuestro héroe fingía resistir, pero poco a poco fue cediendo, corriendo la mano de la pizarra hasta que quedaron al descubierto estas dos palabras: *Te amo.*

—¡Eres un sinvergüenza!

Y le dio un manotazo. Pero a continuación el rostro se le encendió; parecía satisfecha a pesar de todo.

Fue en aquel preciso instante cuando Tom sintió que un torniquete lento, implacable, le apretaba la oreja; al propio tiempo lo levantaba del banco. Y de ese modo fue llevado a través del aula y depositado en su asiento entre las risas y las burlas de los alumnos. El maestro permaneció a su lado, severo, amenazador; pasados unos instantes regresó a su sitial, sin pronunciar una palabra.

Aunque a Tom la oreja le escocía, el corazón le rebosaba de puro gozo.

Al calmarse el jolgorio, hizo un intento de ponerse a estudiar; pero la confusión de su cerebro no le permitía fijar la atención en el libro. Cuando le tocó leer en alta voz, aquello fue un desastre. Después, en la lección de geografía, convirtió lagos en montañas, montañas en ríos y ríos en continentes. Luego, en la de escritura, fue «rebajado» por sus innumerables faltas, teniendo que devolver la medalla que había lucido ostentosamente por espacio de varios meses.

CAPÍTULO VII

Cuanto más se esforzaba Tom en fijar su atención en el libro, más se dispersaban sus ideas. Por fin, suspirando y bostezando, puso término a su empeño.

Le pareció que la salida del mediodía no iba a llegar nunca. Había en el aire una calma chicha. Ni una hoja se movía. Era aquel el día más aplanador y soñoliento de la temporada. El murmullo adormecedor de los veinticinco escolares estudiando a la vez aletargaba el espíritu, como el mágico zumbido de las abejas.

A lo lejos, bajo el sol llameante y como a través de un tembloroso velo, el monte Cardiff elevaba sus laderas cubiertas de verde y fresca vegetación. En lo alto, algunos pájaros se cernían perezosamente, y no se veía otra cosa viviente fuera de unas vacas dormidas a la sombra de los álamos.

Tom experimentaba ansias enloquecedoras de verse libre, o, al menos, hacer algo de interés para pasar aquella hora tediosa. Distraídamente se llevó la mano al bolsillo y, acto seguido, un resplandor de gozo iluminó su rostro.

La caja de perdigones salió cautelosamente a la luz. Libertó a la garrapata, poniéndola sobre el largo pupitre. Probablemente el insecto resplandeció también de alegría por haber alcanzado aquella libertad. Pero era prematura, pues cuando iba a emprender la marcha para un largo viaje, Tom lo desvió a un lado con un alfiler, haciéndole tomar otra dirección.

El amigo del alma de Tom estaba sentado a su lado, sufriendo tanto como él la pesadez del cautiverio. Al punto se interesó por la garrapata. Digamos que este amigo del alma era Joe Harper. Los dos eran uña y carne durante seis días a la semana para convertirse los sábados en enemigos en campo abierto.

Joe sacó prontamente un alfiler de su solapa y prestó su ayuda a Tom para ejercitar a la prisionera. El deporte crecía en interés por momentos. Al fin Tom indicó que se estaban estorbando el uno al otro, sin que ninguno pudiera sacar a la garrapata el debido provecho. Por lo tanto, colocó la pizarra de Joe sobre el pupitre, trazando una línea por el medio, de arriba abajo.

—Mientras esté en tu lado, puedes azuzarla —le dijo—, y yo no me meteré con ella, pero si la dejas irse y se pasa a mi lado, tienes que dejarla en paz todo el rato que yo la tenga sin pasar la raya.

—Conforme; azúzala.

La garrapata se le escapó a Tom, cruzando el ecuador. Joe la acosó un rato, y enseguida cruzó otra vez la raya.

Este cambio de terreno se repitió frecuentemente.

Mientras uno de los rapaces hurgaba a la garrapata con absorbente interés, el otro seguía el juego con atención no menos intensa. Las dos cabezas estaban juntas, inclinadas sobre la pizarra y con las almas indiferentes a cuanto pasaba en el resto del mundo. Finalmente, la suerte pareció decidirse por Joe. En vano la garrapata intentaba elegir un camino, mostrándose tan excitada como los dos chicos, pues tantas veces como Tom, manejando su alfiler, tenía ya la victoria en la mano, como quien dice, el insecto cambiaba el rumbo ante el diestro toque del alfiler de Joe. A Tom se lo llevaban los demonios. No podía seguir aguantando aquello. Así que estiró la mano, acosándola con su alfiler.

Joe se sulfuró.

—Tom, déjala en paz.

—No hago más que hurgarla un poquito, Joe.

—Eso es hacer trampa; déjala quieta.

—Pero si no hago más que tocarla apenas.

—Te digo que la dejes.

—No quiero.

—Pues no la tocarás. Está en mi lado.

—La garrapata es mía.

—Eso no me importa. Ahora está en mi lado y no tienes que tocarla.

—Te repito que es mía y puedo hacer de ella lo que quiero. Y te aguantas.

Un tremendo codazo cayó sobre las costillas de Tom, que dio respuesta del mismo modo sobre las de Joe.

Durante un minuto, nubecillas de polvo salían de las dos chaquetas, con gran regocijo de toda la clase.

Joe y Tom habían estado demasiado entretenidos para darse cuenta de la expectación que un momento antes había sobrecogido a toda la escuela, cuando el maestro, cruzando el aula de puntillas, se detuvo detrás de ellos. Había tenido tiempo de contemplar parte del espectáculo antes de contribuir a amenizarlo con un poco más de variedad.

Cuando a mediodía se acabó la clase, Tom voló hacia Becky Thatcher y le dijo al oído:

—Ponte el sombrero y di que te vas a casa; cuando llegues a la esquina con las otras, te escabulles y das la vuelta por la calleja. Yo iré por el otro camino, y así nos encontraremos.

Cada uno de ellos se alejó integrando un distinto grupo de alumnos. Momentos después, los dos estaban reunidos al final de la calleja, y cuando volvieron a la escuela, se encontraron dueños y señores de ella. Sentándose juntos, con la pizarra delante, Tom dio a Becky el lápiz y le guio la mano. De ese modo crearon otra casa y su sorprendente paisaje. Cuando su interés en el arte empezó a debilitarse, se pusieron a charlar.

—¿Te gustan las ratas? —preguntó Tom.

—Las odio.

—También yo... cuando están vivas. Pero me refiero a las muertas que sirven para hacerlas dar vueltas por encima de la cabeza, amarradas a un cordel.

—No, ni así me gustan. En cambio me agrada masticar goma.

—También a mí. Ojalá tuviera un poco.

—Pues yo tengo un poco. Te dejaré masticar un rato, pero tendrás que devolvérmela.

Convenida así la cosa, masticaron por turno, balanceando las piernas desde el banco en el que se habían sentado.

—¿Has estado alguna vez en un circo? —preguntó Tom.

—Sí, y papá me va a llevar otra vez si soy buena.

—Yo lo he visto tres o cuatro veces, mejor dicho, una barbaridad de veces. La iglesia no vale nada comparada con el circo. En el circo siempre está pasando algo. Yo voy a ser payaso cuando sea mayor.

—¿De veras? ¡Me gustan tanto los payasos, todos llenos de pintura!

—Ganan montones de dinero, tal vez más de un dólar por día... Me lo ha dicho Ben Rogers. Dime, Becky, ¿has estado comprometida alguna vez?

—¿Qué es eso?

—Comprometida para casarte.

—No.

—¿Te gustaría estarlo?

—Me parece que sí. No sé... ¿Qué viene a ser eso?

—Pues es algo que no se parece a las demás cosas. No tienes más que decirle a un chico que no vas a querer a nadie más que a él. Nunca, nunca... Y entonces os besáis, y ya está.

—¿Besarse? ¿Para qué?

—¡Anda! Pues siempre se hace así.

—¿Todos?

—Cuando son novios, claro. ¿Te acuerdas de lo que escribí en la pizarra?

—Sí.

—¿Qué era?

—No lo quiero decir.

—De modo que no, ¿eh?

—Bueno..., sí, pero otra vez.

—No, ahora.

—No, no. Quizá... mañana.

—Anda Becky, anda... Yo te lo diré al oído, muy despacito.

Becky vacilaba.

Tom, tomando su silencio por asentimiento, la cogió por el talle y musitó levemente la frase con los labios pegados al oído de la niña. Después añadió:

—Ahora me lo dices tú aquí en el oído, lo mismo que yo.

La niña se resistió un momento, y despúes dijo:

—Vuelve la cara para que no veas, y entonces lo haré. Pero no tienes que decírselo a nadie. ¿Lo entiendes, Tom? A nadie, ¿eh?

—Prometido, Becky...

Él volvió la cara. Ella se inclinó tímidamente en su asiento, hasta que su respiración movió los rizos del muchacho, y murmuró:

—Te amo.

Perseguida por Tom, echó a correr entre los bancos y los pupitres, refugiándose al fin en un rincón, donde se cubrió la cara con su blanco delantalito. Tom la cogió por el cuello.

—Vamos, Becky —le rogó—. Ya está todo hecho..., ya está todo, menos el beso. No temas, no tiene nada de particular. Por favor, Becky.

La tiraba de las manos y del delantal.

Ella fue cediendo poco a poco. La cara, enrojecida por la lucha y el rubor, quedó al descubierto, y se sometió a la demanda. Tom le besó los rojos labios, y dijo:

—Ya está todo. Y ahora, ya sabes: después de esto no podrás ser novia de nadie, sino mía. Y no tienes que casarte con nadie; solo conmigo. ¿Te gusta?

—Sí. Nunca seré novia de nadie, ni me casaré con otro que no seas tú.

—Así debe ser. Y siempre que vengas a la escuela, o al volverte a casa, te acompañaré cuando nadie nos vea. En todas las fiestas, tú me escogerás a mí y yo a ti; así lo hacen los novios.

—¡No lo había oído nunca!

—Verás como todo resultará divertido. Si supieras lo que Amy Lawrence y yo...

En los grandes ojos que lo miraban, vio Tom la torpeza que acababa de cometer, y se interrumpió, confuso.

—¡Oh, Tom! Ya no soy la primera que ha sido tu novia.

Rompió a llorar.

—Becky, no llores, por favor. Nada me importa de aquella chica.

—Sí, Tom, te importa; bien sabes tú que te importa...

Tom trató de echarle un brazo al cuello, pero ella lo rechazó, volviendo la cara a la pared.

Seguía llorando.

Él hizo otro intento, murmurando palabras persuasivas, pero ella volvió a rechazarlo. Entonces se le alborotó el orgullo, y dando media vuelta salió de la escuela.

Se quedó un rato por allí, agitado, nervioso, mirando de cuando en cuando a la puerta con la esperanza de que Becky se arrepentiría y saldría a buscarlo. No sucedió tal cosa. Entonces le entró un gran pesar, comprendiendo que la culpa era toda suya. Una recia lucha se libró en su interior. ¿Debía disculparse? ¿No sería mejor mantenerse fuerte, alejándose?

Al fin, reuniendo ánimos, entró en la escuela.

Becky seguía en el rincón, vuelta de espaldas, sollozando con la cara cerca de la pared. Tom sintió remordimiento. Avanzó hacia ella, deteniéndose a dos pasos, sin saber qué hacer. Después dijo, vacilando:

—Becky, no me gusta nadie sino tú.

No hubo otra respuesta que los sollozos de la chica.

—Por favor, Becky, ¿quieres responderme? —agregó, implorante.

Seguía el lloro.

Tom sacó su más preciado tesoro, un pomo de latón, procedente de un morillo de chimenea, y lo pasó delante de la cara de la niña para que lo viese.

—Becky —dijo—. Es para ti. Tómalo, por favor.

Mas ella lo tiró contra el suelo.

Tom abandonó al instante la escuela y echó a andar hacia las colinas, muy lejos, para no volver más a la escuela durante aquel día. Becky temió perderlo y corrió hacia la puerta. No se veía a Tom por ninguna parte. Fue al patio de recreo; tampoco estaba allí. Entonces gritó:

—¡Vuelve, Tom!... ¡Tom!

No hubo respuesta. No tenía otra compañía que el silencio y la soledad. Se sentó a llorar y a reprocharse por su conducta. Pero en aquellos momentos los escolares empezaban a llegar para el turno de la tarde, y ella tuvo que esconder su pena, cargando con la cruz de toda una larga sesión, sin tener entre los extraños que la rodeaban a nadie en quien confiar su desolado abandono.

CAPÍTULO VIII

cultándose entre callejuelas, Tom se apartó del camino de los que regresaban a la escuela. Luego siguió andando lenta y desmayadamente. Dos o tres veces cruzó un regato, por ser creencia entre los chicos que cruzar agua desorienta a los perseguidores. Media hora después desapareció tras la mansión de los Douglas, en lo alto del monte, desde donde la escuela era apenas visible en el valle.

Metiéndose por un denso bosque, se dirigió hacia el centro de la espesura, donde no había sendas que seguir. Acabó por sentarse sobre la hierba, bajo un roble de espeso ramaje.

No soplaba la menor brisa. Hasta los cantos de los pájaros se habían extinguido en el intenso calor del mediodía. Ningún ruido turbaba el sopor de la naturaleza. Solo de cuando en cuando, y muy lejos, su oído percibía el rumor de un pájaro carpintero abriendo brecha en un tronco. Tom era todo melancolía; su estado de ánimo estaba a tono con aquel silencio misterioso de la naturaleza.

Largo rato permaneció sentado, meditando, con los codos apoyados en las rodillas y la barbilla en las manos. Pensaba que la vida era una carga pesada, sintiendo envidia por Jimmy Hodges, que hacía poco se había librado

de ella. Pensó que debía ser muy apacible yacer, dormir y soñar por toda la eternidad, con el viento soplando por entre los árboles y meciendo las flores y las hierbas de su sepultura, sin tener ya molestias, deberes ni dolores que sufrir. Si al menos su vida fuera del todo correcta, hubiera podido llegar al fin y acabar con todo de una vez. Y en cuanto a Becky, ¿que había hecho él? Nada. Se había conducido con ella con la mejor intención del mundo, y lo había tratado como a un perro. Algún día ella tendría que lamentarlo, tal vez cuando fuera demasiado tarde... No encontraría a otro Tom. ¡Ah! Si al menos pudiese uno morirse por unos días...

Pero el corazón juvenil no puede permanecer mucho tiempo acongojado. Tom se dejó llevar nuevamente por las preocupaciones de esta vida. ¿Qué sucedería si de repente volviese la espalda a todo y desapareciese? ¿Si se fuera lejos, muy lejos, a países desconocidos, más allá de los mares, y no regresase nunca? ¿Qué impresión sentiría Becky? Le asaltó la idea de ser payaso, pero enseguida la rechazó con disgusto, pues la frivolidad, las muecas y los calzones pintarrajeados eran una ofensa para su espíritu exaltado, elevado a la vaga región de lo novelesco. Mejor sería soldado, para regresar al cabo de muchos años, cubierto de cicatrices, como un inválido glorioso. O se iría con los indios a cazar búfalos, siguiendo la «senda de la guerra», en las montañas y las vastas praderas del lejano Oeste. Después de mucho tiempo, volvería al pueblo convertido en un gran jefe, erizado de plumas y con el rostro pintado de modo espantoso. Lanzando un escalofriante grito de guerra, se plantaría en la puerta de la escuela dominical cualquier soñolienta mañana de domingo, haciendo morir de envidia a sus compañeros. Pero aún había algo más importante: ¡convertirse en pirata! Esta idea le ofrecía un porvenir deslumbrante. Su nombre llenaría el mundo y haría temblar a la gente. ¡Qué gloria la de surcar los mares a bordo de un rápido velero. *El Genio de la Tempestad,* con la terrible bandera negra flameando en la punta del palo mayor! En el apogeo de su fama, aparecería repentinamente en el pueblo y entraría arrogante en la iglesia, tostado, curtido por la intemperie, con una blusa y calzas de negro terciopelo, grandes botas de campaña y el cinto erizado de pistolones y dagas chorreando sangre. Desplegando la bandera con la calavera y las tibias cruzadas ante los ojos atónitos de los feligreses, escucharía las exclamaciones: «¡Ese es Tom Sawyer, Tom, el pirata, vengador de la América española!».

Su determinación estaba tomada: se escaparía de casa para lanzarse a la aventura. Solo aguardaría hasta la siguiente mañana. Empezaría por reunir cuanto de valor poseía.

Avanzó hasta el tronco de un árbol caído que estaba a poca distancia, y se puso a escarbar con su navaja Barlow. Pronto tocó en madera que sonaba a hueco. Colocando la mano sobre ella, profirió este conjuro:

—Lo que no está aquí, que venga. Lo que está aquí, que se quede.

Tras quitar unas púas de pino, apareció una cavidad bastante amplia, en cuyo fondo yacía una canica. Tom, atónito, se rascó la cabeza.

—¡Caray! ¡Nunca vi cosa más extraña! —exclamó.

Arrojó lejos de sí la bolita con gran enojo, y se quedó pensativo. Constataba que allí había fallado una superstición que él y sus amigos habían considerado siempre infalible.

Si uno enterraba una canica con ciertos conjuros, la dejaba dos semanas y luego abría el escondrijo pronunciando la fórmula mágica como él lo había hecho, se encontraba con que en aquel lugar aparecían todas las canicas que había perdido en su vida. Pero esto acababa de fracasar.

Todo el edificio de la fe sustentada por Tom se venía abajo. Muchas veces había oído hablar de aquel milagro reservado a los niños crédulos como él, pero nunca creyó que aquello podía terminar en tan concluyente fracaso.

Tratando de consolarse, se dijo que alguna bruja debía haber intervenido en aquello, rompiendo el sortilegio.

Para encontrar una satisfacción, buscó por los alrededores hasta encontrar un montoncito de arena, con una depresión en el medio, en forma de cueva. Rápidamente se echó al suelo y, acercando la boca a aquel agujero, dijo:

—Chinche holgazana, chinche holgazana, dime lo que quiero saber. Chinche holgazana, chinche holgazana, dime lo que quiero saber.

La arena se removió, y al poco rato una diminuta chinche negra asomó por el agujero.

Enseguida desapareció asustada.

—Bueno, no se atreve a decirlo. No hay duda de que fue una bruja la que escamoteó las canicas.

Bien sabía que resultaba inútil meterse con las brujas; así es que desistió, desengañado.

Pero se le ocurrió que no era cosa de perder también la canica que acababa de tirar, hizo una paciente rebusca por los contornos. Fue inútil. No pudo dar con ella. Volvió entonces el escondite de tesoros y, colocándose en la misma postura que había adoptado al arrojarla, sacó otra del bolsillo y la tiró en la misma dirección, diciendo:

—Anda, hermana, busca a tu hermana.

Viendo dónde se detenía, corrió al sitio y miró. Pero debía de haber caído más cerca o más lejos. Ante esto, repitió otras veces el experimento. La última resultó bien. Las dos bolitas estaban a menos de un pie de distancia una de la otra.

En aquel momento, el sonido de una trompetilla de hojalata se oyó claramente bajo las copas de los árboles. Tom se despojó rápidamente de la chaqueta y los calzones, convirtió un tirante en cinto y, apartando unos matorrales que estaban detrás del tronco caído, descubrió un arco y una flecha, toscamente hechos, una espada de palo y una trompetilla de hojalata. En un instante se apoderó de todas aquellas cosas y echó a correr con las piernas desnudas y los faldones de la camisa revoloteando bajo la espalda. Al poco rato se detuvo bajo un olmo muy alto, respondiendo con un toque de corneta al aviso antes escuchado. Después vagó de aquí para allá con recelosa actitud, diciendo por lo bajo a una supuesta compañía:

—¡Alto, valientes míos! ¡Seguid escondidos hasta que yo vuelva a tocar!

Fue entonces cuando apareció Joe Harper, tan extrañamente vestido y armado con Tom.

Este gritó:

—¡Alto! ¿Quién se atreve a penetrar en la selva de Sherwood sin mi salvoconducto?

—¡Guy de Guisborne no necesita salvoconducto de nadie! ¿Quién sois, que...?

—¿... que osáis hablarme así? —terminó Tom, apuntando.

Ambos hablaban de aquel modo, recitando párrafos de «el libro».

—Yo soy Robin Hood, y lo vais a saber enseguida, a costa de vuestro pellejo.

—¡Ah! ¿Sois el famoso bandolero? ¡Sabed que me place disputaros los rincones de mi selva! ¡Defendeos!

Sacando las espadas de palo, después de arrojar al suelo el resto de su impedimenta, se pusieron en guardia, un pie delante, el otro detrás, dando principio a un fiero combate, golpe por golpe. Al cabo, exclamó Tom:

—¡Cae, hombre, cae! ¿Por qué no te caes?

—No me da la gana. ¿Por qué no te tiras tú al suelo? Tú eres el menos diestro.

Ambos estaban sudorosos y jadeantes.

—Eso no tiene nada que ver, necio. Yo no puedo caer; así está puesto en «el libro». Allí dice claramente: «Con una estocada traicionera, mató al pobre Guy de Guisborne». Anda, tienes que volverte y dejar que te pegue en la espalda.

Joe comprendió que no era posible poner en duda lo que afirmaba «el libro»; así que se volvió, recibió el golpe prescrito y cayó a tierra.

—Ahora —dijo levantándose— tienes que dejar que te mate a ti. Si no, no vale.

—No puede ser. No está en «el libro».

—Me has hecho caer en una cochina trampa; eso es.

—Mira —dijo Tom, deseoso de arreglar las cosas—, puedes ser el lego Tuck o Much, el hijo del molinero, y romperme una pata de un estacazo; o yo haré de *sheriff* de Nottingham y tú serás por un rato el mismo Robin Hood, y me matas.

La propuesta fue aceptable, y siguieron representando las aventuras del gran héroe, hasta que al asumir Tom de nuevo el papel de Robin, por obra de la traidora monja, le destapó la herida, desangrándose hasta la última gota.

Finalmente, Joe, representando a toda una tribu de bandidos llorosos, se lo llevó arrastrando, y puso el arco en sus manos exangües, diciéndole:

—Que el pobre Robin Hood sea enterrado en este bosque y en el sitio que caiga esta flecha.

Soltando la flecha, cayó de espaldas. Podía haber muerto, pero fue a dar sobre unas ortigas, que le hicieron enderezarse de un salto, demasiado precipitadamente para un difunto.

Terminada esta representación, los chicos se vistieron, escondieron sus armas y echaron a andar, lamentando que ya no hubiera bandoleros y preguntándose qué les había dado la civilización para compensarlos. Convenían los dos en que más les hubiera interesado ser un año bandidos en la selva de Sherwood que presidentes de los Estados Unidos toda la vida.

CAPÍTULO IX

Como de costumbre, aquella noche, a eso de las nueve y media, Tom y Sid fueron enviados a la cama.

Después de recitar sus oraciones, Sid se quedó dormido. Tom, en cambio, permaneció despierto, intranquilo. Cuando creía que faltaba poco para el amanecer, oyó al reloj dar las diez. Era para sentirse desesperado por aquella lenta marcha del tiempo. Sin embargo, permanecía inmóvil por temor de despertar a Sid. Todo era una triste quietud, pero poco a poco fueron haciéndose perceptibles ciertos ruidos... El tictac del reloj, crujieron misteriosamente las viejas vigas y en la escalera también se oían leves chirridos. Sin duda, los espíritus andaban de ronda. Del cuarto de tía Polly brotaba un ronquido suave y acompasado. Y, entonces, el cri-cri monótono de un grillo, que nadie hubiera podido decir de dónde procedía, se mezcló con el lejano ladrido de un perro.

Tom empezó a sentir angustias de muerte. Finalmente, creyó que el tiempo se había detenido y que daba comienzo la eternidad.

Se fue adormilando. El reloj dio las once. Y en ese momento llegó hasta él un triste maullido. Una ventana que se abrió en la vecindad lo turbó.

—¡Maldito gato! —gritó una voz.

Y acto seguido, el estallido de una botella vacía contra la pared trasera del cobertizo de la leña lo dejó completamente despabilado. En un minuto se vistió, saliendo al instante por la ventana. Gateó por el tejado que estaba al mismo nivel. Dos o tres veces maulló de modo suave; luego saltó al tejado de la leñera, y desde allí al suelo. Huckleberry lo esperaba con el gato muerto. Los dos chicos se pusieron en marcha, perdiéndose en la oscuridad. Al cabo de media hora se encontraban entre la alta hierba del cementerio.

Era un cementerio dispuesto según el viejo estilo del Oeste, extendido en una colina, a milla y media escasamente de la población. Tenía como cerca una desvencijada valla de tablas, que en unos sitios estaba caída hacia dentro y en otros hacia fuera. Hierbajos y matorrales crecían por todo el recinto. Todas las sepulturas antiguas estaban hundidas en la tierra. Postes roídos por la intemperie se alzaban hincados sobre las tumbas, torcidos, como si buscaran apoyo sin encontrarlo. En uno podía verse esta leyenda: «Consagrado a la memoria de...». Pero en la mayoría no podían leerse las inscripciones ni los nombres de los difuntos, aunque hubiese habido luz como en pleno día.

La brisa susurraba entre los árboles próximos, y Tom temía que pudieran ser las ánimas de los muertos que emitían sus quejas por turbarles el sueño. Los dos chicos solo se atrevían a hablar entre dientes, ya que la hora, el lugar y aquel fúnebre silencio les oprimía el corazón. Encontraron el montoncillo recién hecho que andaban buscando, y se ocultaron tras los troncos de unos grandes olmos, a poco trecho de la sepultura.

Luego, en silencio, dejaron pasar un tiempo que se les hacía interminable. El lejano graznido de una lechuza era el único ruido que turbaba aquel silencio de muerte. Las reflexiones de Tom se iban convirtiendo en negros presentimientos. Había que hablar de algo. Por eso dijo:

—Huck, ¿crees que a los muertos podrá gustarles que estemos aquí?

—¡Quién sabe! —murmuró Huckleberry—. Esto inspira mucho respeto, ¿eh?

—Sí...

Se callaron, amedrentados. Luego, quedamente, Tom prosiguió:

—Huck, ¿crees que Hoss Williams nos oye hablar?

—Creo que sí; su espíritu debe andar rondando fuera de la sepultura.

—¡Ojalá le hubiese llamado *señor* Williams! —musitó Tom al poco rato—. Pero no lo hice con mala intención. Todos lo llamaban Hoss.

—Hay que tener mucho cuidado, Tom, cuando se habla de los difuntos.

Tom recibió estas palabras como un jarro de agua fría. La conversación se extinguió.

Pero de súbito, con un sobresalto, cogió Tom el brazo de su compañero.

—¡Chist!

—¿Qué pasa?

Se habían cogido uno al otro, aterrorizados.

—¡Chitón!

—¿Qué?

—Otra vez. ¿No has oído?

—¿Yo? ¿Qué?

—Allí, allí. ¿Oyes ahora?

—¡Dios mío! ¡Que vienen, Tom!... ¿Qué hacemos ahora?

—¿Crees que nos verán?

—Ellos son como los gatos: ven a oscuras. ¿Qué hacemos, Tom?

—Bueno, no tengas miedo. No creo que se metan con nosotros. No les hacemos ningún mal, y si nos estamos quietos, puede que no se fijen.

—¡Tengo un canguelo!

—Ahora, escucha...

Estiraron el cuello, con las cabezas juntas, sin respirar. Un apagado rumor de voces les llegaba desde el otro lado del cementerio.

—¡Mira allí! —exclamó Tom—. ¿Qué será eso?

—Tal vez un fuego fatuo.

Unas figuras indecisas avanzaban hacia ellos entre las sombras. Se advertía el balanceo de una linterna de hojalata, que reflejaba en el suelo breves manchas de luz. Huck murmuró, estremeciéndose:

—Son los diablos; son ellos. Tom, ¿sabes rezar?

—Lo intentaré. Cálmate, hombre. No creo que nos hagan daño. «Acógeme, Señor, en tu seno»...

—¡Chist!

—¿Qué pasa ahora, Huck?

—Son hombres; por lo menos uno. Su voz se parece a la de Muff Potter.

—¿Tú... tú crees?

—Lo conozco muy bien. Quédate quieto, no hables. Ese condenado estará borracho como de costumbre.

—Bueno, me estaré quieto. Parece que no saben dónde ir. Ahora vienen otra vez hacia aquí. Están calientes. Ahora fríos... Otra vez calientes. ¿Sabes, Huck, que distingo otra de las voces? Es la de Joe el Indio.

—¡Ese mestizo asesino! Preferiría que se tratase del diablo. ¿Qué andarán buscando?

Los cuchicheos se extinguieron. Los tres hombres habían llegado a la sepultura, deteniéndose a poca distancia del escondrijo de los muchachos.

—Es aquí —dijo la tercera voz, al propio tiempo que su dueño levantaba la linterna, dejando ver el rostro del joven doctor Robinson.

Potter y Joe el Indio llevaban unas parihuelas, y sobre ellas unas cuerdas y dos palas. Echando la carga al suelo, empezaron a abrir la sepultura. El doctor, poniendo la linterna a la cabecera, tomó asiento junto a uno de los olmos, con la espalda contra el tronco. Estaba tan próximo a los chicos, que estos hubieran podido tocarlo.

—Daos prisa —dijo en voz baja—. La luna va a salir de un momento a otro.

Los otros le respondieron con un gruñido, sin dejar de cavar. Durante un rato solo se escuchó el rumor de las palas hendiendo la tierra y arrojando a un lado barro y pedruscos. La labor parecía pesada. Al fin, una pala tropezó con el féretro y, minutos después, los dos cavadores lo extraían hasta la superficie. Enseguida forzaron la tapa, sacaron el cuerpo y lo dejaron caer al suelo. Apareció la luna en aquel instante, saliendo de entre unas nubes, e iluminó la lívida faz del cadáver. Preparadas las parihuelas, pusieron el cuerpo sobre ellas, cubierto con una manta vieja y asegurándolo con una cuerda.

Potter sacó una larga navaja de muelles, cortó un trozo de la cuerda que colgaba, y dijo:

—Ya hemos terminado esta condenada tarea, médico. Si ahora mismo no nos da otros cinco dólares, ahí se queda eso...

—Así se habla —dijo Joe el Indio.

—¿Qué quiere decir esto? —exclamó el doctor—. Me habéis exigido la paga adelantada y os la he dado.

—Y más que eso —replicó Joe, acercándose al doctor, que se había levantado de un salto—. Hace cinco años, usted me echó de la cocina de su padre una noche que fui a pedir algo de comer, y dijo que no iba allí a cosa buena. Yo juré que me las había de pagar, aunque me costase cien años. Su padre me hizo meter en la cárcel por vagabundo. Eso no se me ha olvidado. Por algo tengo sangre india en mi cuerpo. ¡Ahora está usted cogido y tendrá que pagar su deuda!

Y amenazaba al doctor, metiéndole el puño por la cara. De un puñetazo, el médico lo dejó tendido sobre la revuelta tierra. Potter exclamó, dejando caer la navaja:

—¿Por qué le pega usted a mi socio?

Sin más se lanzó sobre el médico, y los dos lucharon fieramente, pisoteando la hierba y hundiendo sus pies en el suelo blando. Joe el Indio se había levantado de un brinco, con los ojos relampagueantes de ira, cogió la navaja de Potter y, agachado como un felino, dio vueltas en torno a los combatientes, esperando una oportunidad. De pronto el médico se desembarazó de su adversario, agarró el poste hundido en la cabecera de la tumba de Williams y de un golpe dejó a Potter tumbado en el suelo. El mestizo aprovechó la ocasión hundiendo la navaja, hasta el mango, en el pecho del joven. Este dio un traspié y cayó sobre Potter, cubriéndolo de sangre.

Las nubes dejaron en la oscuridad el horrendo espectáculo. Tom y Huck, aterrados por lo que habían visto, desaparecieron como almas perseguidas por los demonios.

Cuando la luna alumbró de nuevo, Joe el Indio estaba de pie, cerca de los dos hombres caídos. El doctor balbució unas palabras inarticuladas, dio una larga boqueada y se quedó inmóvil. El mestizo dijo:

—Ya está pagada la cuenta.

Luego registró al muerto y le robó cuanto llevaba encima. Enseguida colocó la navaja en la mano derecha de Potter, tomando asiento sobre el féretro destrozado.

Pasaron varios minutos. Potter comenzó a removerse, soltando ligeros gruñidos. Al cerrar la mano sobre la navaja la miró, y rápidamente la dejó caer, estremeciéndose. Después empujó el cadáver lejos de sí y se sentó. Miraba a su alrededor aturdido, hasta que sus ojos se encontraron con los de Joe.

—¡Por Cristo! ¿Qué ha pasado aquí, Joe?

—Un mal negocio —contestó Joe, sin inmutarse—. ¿Por qué lo has hecho?

—¿Yo? No he hecho tal cosa.

—¿Vas a salir con esas...?

Potter tembló.

—Creía que se me había pasado la borrachera. No debí haber bebido en una noche como esta. Te juro, Joe, que no sé por dónde me ando. Palabra de honor, Joe, ¿he sido yo?... Nunca tuve esa intención, ¡lo juro por la salvación de mi alma! ¡Un hombre tan joven!... ¡Un doctor!

—Los dos os estabais golpeando. Él te pegó con el poste, y caíste despatarrado. Entonces te levantaste dando tumbos, cogiste el cuchillo y se lo clavaste en el momento en que él te daba otro golpe. Ahí has estado tendido un buen rato, como muerto.

—¡No sabía lo que me hacía! ¡Que me muera aquí si me di cuenta! Todo ha sido cosa de ese maldito whisky, que me hizo perder la cabeza y hervir la sangre. Jamás usé un arma en mi vida para pelear con nadie. Todos podrán atestiguarlo, Joe. Pero tú calla y no cuentes nada de lo que aquí ha sucedido. Recuerda que siempre estuve de tu lado. ¿Lo reconoces?

Y el desgraciado cayó de rodillas ante el brutal asesino.

—La verdad sea dicha; no siempre te has portado tan derechamente conmigo. A pesar de ello, no iré contra ti.

—¡Eres un ángel, y te he de bendecir mientras viva! —exclamó Potter.

Y rompió a llorar.

—Basta de gimoteos, hombre. Lárgate por ese camino, y yo me voy por el otro. Vamos, no dejes señal detrás de ti.

Potter se volvió, y su paso pronto se convirtió en carrera. Siguiéndolo con la vista, el mestizo murmuró entre dientes:

—¡Cómo escapa el muy gallina! No piensa en la navaja, atiborrado como está de bebida.

Un minuto más tarde, el cuerpo del hombre asesinado, el cadáver cubierto con la manta, el féretro destapado y la sepultura abierta, solo tenían por testigo la luna. Nuevamente reinaban la quietud y el silencio.

CAPÍTULO X

No paraban de correr hacia el pueblo los dos muchachos. El espanto no les dejaba pronunciar palabra. De cuando en cuando volvían la cabeza, temiendo ser perseguidos. Cada árbol que aparecía ante ellos se les figuraba un hombre y un enemigo, dejándolos sin resuello. Luego, al pasar veloces ante las casitas aisladas cercanas al pueblo, y oyendo el ladrido de los perros, les parecía que sus pies criaban alas.

—Tratemos de alcanzar la tonelería antes de que se acaben nuestras fuerzas —murmuró Tom a retazos—. Me parece que no podré aguantar más.

No recibió otra respuesta que el fatigoso jadeo de Huck. Fijaron los ojos en la meta mencionada por Tom, tratando de alcanzarla antes de perder las pocas fuerzas que les quedaban.

Iban acercándose, y al fin, los dos a un tiempo, se metieron por la puerta, cayendo al suelo gozosos y extenuados.

Poco a poco se fue calmando su agitación, y Tom pudo decir débilmente:

—Huckleberry, ¿en qué parará esto?

—Si el doctor Robinson muere, me figuro que el asesino irá a la horca.

—¿Tanto?

—De seguro, Tom.

—Pero ¿quién va a contarlo? ¿Nosotros?

—Estás loco, Tom. Suponte que las cosas no salen claras y Joe el Indio no fuese ahorcado; pues bien, tarde o temprano nos mataría por haberlo denunciado. Tan seguro estoy de ello como que tú eres Tom.

—Pienso como tú, Huck.

—Si alguien ha de hablar, deja que sea Muff Potter, que es bastante tonto para ello. Y, además, está siempre borracho.

Tom seguía meditando. Al cabo, murmuró:

—Huck, Muff Potter no sabe bien lo que ha sucedido. ¿Cómo va a contarlo?

—¿Por qué no ha de saberlo?

—Porque recibió el golpe de Robinson cuando Joe el Indio le hundió la navaja al doctor. ¿Se te figura que ese borracho tiene idea de lo sucedido?

—No había yo caído en eso.

—Y, además, puede ser que el doctor, al darle aquel porrazo con el poste, haya acabado con él.

—No lo creo, Tom. Potter estaba como una cuba. Los borrachos no se dan cuenta de nada; además, se caen con facilidad. Cuando papá está lleno de alcohol, puede uno sacudirle en la cabeza con la torre de la iglesia, y se queda tan tranquilo. Lo mismo debió pasarle a Muff Potter. Claro que si se tratase de uno que no estuviese borracho, puede que el estacazo del doctor lo hubiese dejado en el sitio. ¡Quién sabe!...

Tom habló después de reflexionar un rato:

—Huck, ¿estás seguro de que no te irás de la lengua?

—No tenemos más remedio que callar, bien lo sabes. A ese maldito indio le importaría menos ahogarnos que a un par de gatos, si llegásemos a contar lo que hemos visto, con tal de que no lo ahorcasen.

—¡Fue horroroso!

—No me lo recuerdes, ¿quieres? Todavía me castañetean los dientes.

—Tenemos que jurar no decir nada.

—Sí, Huck, eso es lo mejor. Dame la mano y jura que...

—No, hombre, no; así no se hace para una cosa como esta. Si se tratase de algo más corriente no importaría, como cuando se trata de asuntos de chicas, que al fin y al cabo siempre se vuelven contra nosotros. Esto de ahora debe ser por escrito y con sangre.

Nada podía ser más del gusto de Tom, que siempre se inclinaba por lo misterioso y lo trágico. La hora, las circunstancias y el oscuro lugar donde se encontraban eran los más propicios para un juramento en forma. Cogió del suelo una tablilla de pino, sacó un tejo del bolsillo y se sentó con ambas cosas en la mano, en un espacio que iluminaba la luna. Con gran trabajo garrapateó sobre la tablilla las siguientes líneas, apretando la lengua entre los dientes e hinchando los carrillos: «Huck Finn y Tom Sawyer juran que no han de decir nada de lo que han visto, y que si no cumplen esto, caigan muertos allí donde hablen».

Huckleberry quedó pasmado de la rapidez con que Tom escribía y de la grandiosidad de su estilo. Sacó enseguida un alfiler de la solapa y, al disponerse a pincharse un dedo, Tom lo detuvo.

—¡Espera! —le dijo—. Los alfileres suelen ser de cobre y pueden tener cardenillo.

—¿Qué es eso?

—Veneno. Traga un poco y verás...

Tom quitó el hilo a una de sus agujas, y cada uno se pinchó con ella el pulgar hasta sacar unas gotitas de sangre.

Tras muchos esfuerzos, estrujándose el dedo pinchado, Tom consiguió firmar con sus iniciales el mensaje garrapateado con el tejo en la tablilla. Luego enseñó a Huck el modo de trazar una H y una F y, de este modo, quedó sellado el juramento.

La tablilla fue enterrada junto a la pared, con algunos conjuros, y con esto consideraron que nadie podría abrir el candado que se habían echado en las lenguas.

Furtivamente, por una brecha, una sombra se escurrió en el interior del ruinoso edificio. Los muchachos no parecieron percatarse de ello.

—Con esto —cuchicheó Huckleberry— ya no hay peligro de que soltemos una palabra de lo que hemos visto.

—Por supuesto que nunca jamás. Suceda lo que suceda, tendremos que callar. ¿No sabías que quebrantar un juramento así es caer muertos?

—Sí, me lo figuro.

Un perro lanzó en aquel instante un lúgubre y prolongado ladrido a dos pasos de la casa. Muertos de espanto, los chicos se abrazaron impetuosamente.

—¿Por cuál de nosotros será? —musitó Huckleberry.

—No lo sé. Mira por esa rendija.

—No, hazlo tú, Tom.

—No puedo, Huck...

—Anda, hombre. Ya vuelve otra vez a ladrar.

—¡Ah! ¡Gracias a Dios! Conozco ese ladrido. Es Bull Harbison.

—¡Menos mal! —suspiró Huck—. Te aseguro que estaba medio muerto.

Pero al oír el ladrido por tercera vez, a los chicos se les apretó el corazón.

—¡Que Dios se apiade de nosotros, Tom! Ese no es Bull Harbison. ¡Mira!

Tiritando de miedo, Tom aplicó el ojo a la rendija. Apenas se le oía la voz, cuando reconoció:

—¡Ay, Huck! ¡Es un perro sin amo!

—Y ¿por cuál de nosotros ladrará?

—Tal vez por los dos, ya que estamos juntos.

—¡Ay! Ya me veo muerto, Tom. Y lo peor es que no sé adónde iré a parar cuando me muera... He sido tan mala pieza...

—He sido yo quien se la ha buscado. Esto me pasa por hacer novillos y desobedecer a todo lo que le mandan a uno. Podía haber sido bueno como Sid, pero no quise. ¡Ay! Juro que si salgo de esta, ya no faltaré un día a la escuela, y menos a la dominical.

Y empezó a sorber un poco por la nariz.

—¿Malo tú? —y Huckleberry comenzó también a hablar gangoso—. Vamos, Tom; tú eres una joya al lado de lo que soy yo. ¡Dios, Dios mío! ¡Si yo tuviera la mitad de tu suerte!

Tom recobró el habla.

—¡Mira, mira, Huck! El perro está con el rabo hacia nosotros.

—¡Hombre!

Y Huck miró, con el corazón saltándole de gozo.

—Es cierto. ¿También estaba así antes?

—Sí, así estaba, pero yo, ¡tonto de mí!, no pensé en ello. ¡Qué alegría, Huck!

Pero aquella tenía que ser la noche de los grandes terrores. Apenas se había extinguido el lúgubre ladrido del perro, cuando Tom exclamó:

—¡Chist!

—¿Qué pasa ahora?

—¿Es que no oyes?

—Sí..., parece que gruñe un cerdo por ahí.

—¿En qué parte?

—Por ahí. ¿No oyes?... A veces parece un ronquido, como los de mi padre cuando dormía su borrachera.

El afán de aventuras les acometió de nuevo. Y Tom dijo:

—¿Te atreves a ir, Huck? Yo marcharé delante.

—Hum... ¿Y si fuera Joe el Indio?

Tom se sintió acobardado; pero pasados unos segundos, la tentación los acometió con más fuerza. Los chicos decidieron investigar; mas acordaron que si el ronquido cesaba pondrían pies en polvorosa.

De puntillas, cautelosamente, uno detrás del otro, avanzaron hacia el sitio de donde procedían los ronquidos y los gruñidos. Cuando estaban a pocos metros del roncador, Tom pisó un palo, que se partió con un chasquido. El hombre, que debía estar durmiendo, se movió, y su cara quedó bajo la claridad de la luna.

Era Muff Potter.

Los chicos tuvieron un sobresalto. Luego, cobrando valor, salieron del edificio por entre las rotas tablas de la pared, parándose a poca distancia para intercambiar unas palabras de despedida. El prolongado y lúgubre ladrido se alzó nuevamente en la quietud de la noche. Volvieron los ojos y vieron al perro vagabundo husmeando a Potter.

—¡Es por él! —exclamaron los dos al mismo tiempo.

—Oye, Tom, me han dicho que un perro vagabundo como ese estuvo aullando cerca de la casa de Johnny Miller hará cosa de dos semanas. Después un cuervo se posó en la barandilla y graznó. Sin embargo, nadie se ha muerto allí.

—No se habrá muerto nadie, pero ¿es que Gracia Miller no se cayó en el fogón y se achicharró la noche del sábado siguiente?

—Sí, pero no ha muerto. Y dicen que está mejor.

—No te fíes; ya verás como esa se muere. Tan seguro como que Muff Potter también ha de morir. Eso pueden decírtelo los negros, que saben bien de esa clase de cosas, Huck.

Se separaron preocupados.

Cuando Tom entró en su casa, deslizándose por la ventana de su alcoba, la noche estaba tocando a su fin. En la claridad, en la propia atmósfera, notó el muchacho que ya era tarde. Se sorprendió de que no le hubiesen llamado. Esta idea lo martirizó. En pocos minutos se puso la ropa y bajó la escalera. La familia estaba todavía reunida en torno a la mesa, pero habían terminado el desayuno. No hubo ni una palabra de reproche, pero sí miradas tan significativas que el culpable sintió helársele la sangre. Sentándose, aparentó sentirse alegre, pero era como machacar en hierro frío; no vio aparecer una sonrisa, no halló un gesto familiar, y acabó sumergiéndose en el silencio, en tanto que el corazón se le bajaba hasta los talones.

Terminado el desayuno, tía Polly lo llevó aparte, y Tom casi se alegró, con la esperanza de que le aguardaba una paliza; pero se equivocó. La tía se echó a llorar, preguntándole cómo podía ser así y si no le daba pena atormentarla de aquella manera. Finalmente, le aconsejó que siguiera adelante, por la senda de la perdición y acabase matando a disgustos a una pobre vieja, pues ella ya no pensaba seguir corrigiéndolo. Esta cantinela le sonaba peor que mil azotes, y Tom sentía el corazón más dolorido que el cuerpo tras su noche en vela.

Se echó de rodillas, lloró, pidiéndole que lo perdonase, prometió enmendarse, y la escena terminó sintiendo Tom que no había recibido más que un perdón a medias, inspirando tan solo una débil confianza.

Estaba demasiado afligido cuando se apartó de la tía para sentir siquiera rencor contra Sid. Con abatido paso se encaminó a la escuela, triste y meditabundo, y soportó la acostumbrada paliza, junto con Joe Harper, por haber hecho novillos el día anterior.

Al ocupar su asiento, apoyó los codos sobre el pupitre y se quedó mirando la pared con una expresión de sufrimiento que ya no podía ir más lejos. Bajo el codo sintió algo duro. Después de un rato cambió de postura y, dando un suspiro, cogió lo que allí había. Estaba envuelto en un papel. Lentamente lo fue desenvolviendo. Siguió otro largo, triste y descomunal suspiro, y se sintió como aniquilado. ¡Lo que tenía en las manos era el boliche de latón!

Le pareció que el mundo se oscurecía, y que nada, nada podía tener ya valor para él...

CAPÍTULO XI

E ra cerca del mediodía cuando todo el pueblo quedó como electrizado por la horrenda noticia.

Aunque en aquel tiempo aún no existía el telégrafo, el suceso voló de boca en boca, de grupo en grupo, de casa en casa, con la velocidad de la luz. Por supuesto, el maestro dio vacaciones para la tarde. A todo el pueblo le hubiera parecido muy extraño si se hubiese mantenido abierta la escuela.

Una navaja ensangrentada había aparecido junto a la víctima; alguien la había reconocido como propiedad de Muff Potter. Se decía que un vecino había sorprendido a Potter lavándose en un arroyo a eso de la una o las dos de la madrugada, y que Potter se había ocultado enseguida: detalles sospechosos, especialmente el del lavado, por no ser Muff muy amigo del agua. También se decía que todo el pueblo había sido registrado en busca de Potter, pues el pueblo no se hace esperar en cuanto a desentenderse de pruebas para llegar inmediatamente al veredicto; mas no habían podido encontrarlo. Gente a caballo recorría los caminos comarcales, y el *sheriff* estaba seguro de apresarlo antes de la noche.

La población en masa se encaminó hacia el cementerio. Las congojas de Tom se disiparon, y se unió a la fila de curiosos, aunque, a decir verdad, hubiera preferido mil veces dirigirse a cualquier otro sitio, pero una temerosa e inexplicable fascinación le arrastraba hacia aquel lugar.

Llegado al cementerio, fue acercándose al sitio de la tragedia, metiendo su menuda figura entre las piernas de la multitud. De pronto se encontró a la vista del macabro espectáculo. Le pareció que había transcurrido una eternidad desde la noche anterior. Se volvió al sentir un pellizco en un brazo. Sus ojos se encontraron con los de Huckleberry. Acto seguido, los dos miraron hacia otra parte, temiendo que alguien hubiese advertido algo en aquel cruce de miradas. Pero todos estaban de conversación y solo tenían ojos para el trágico cuadro que tenían delante.

—¡Pobrecillo! —se comentaba—. ¡Esto ha de servir de lección para los violadores de sepulturas!

—¡Muff Potter irá a la horca si lo atrapan!

—¿Qué otra cosa merece?

Y dijo el pastor:

—Aquí se ve la mano justiciera de Dios.

Tom, que acababa de encontrar con sus ojos la faz impenetrable de Joe el Indio, se estremeció de la cabeza a los pies. En aquel momento la gente empezó a agitarse y a forcejear, y se oyeron gritos:

—¡Es él! ¡Viene solo!

—¿Quién? ¿Quién? —preguntaron muchos de los que no veían bien de lo que se trataba.

—¡Muff Potter!

—¡El canalla!

—¡Eh, que se ha parado!

—¿Querrá escapar?

—¡No dejarle dar la vuelta!

Unos que estaban en las ramas de los árboles, sobre la cabeza de Tom, aclararon que Muff no trataba de escapar, sino que parecía vacilante y asustado.

—¡Vaya desparpajo! —exclamó un curioso—. Se conoce que se ha sentido atraído por su crimen y ha venido a echar un vistazo.

El *sheriff*, ostentosamente, se acercó conduciendo a Potter del brazo. La muchedumbre abrió paso.

El detenido tenía el semblante descompuesto y mostraba en los ojos el terror que le embargaba. Cuando le pusieron frente al cuerpo del asesinado, se cubrió la cara con las manos y se echó a llorar.

—Vecinos, no he sido yo —dijo entre sollozos—. ¡Palabra de honor que no he hecho tal cosa!

—¿Quién te ha acusado? —gritó una voz.

El disparo dio en el blanco. Potter levantó la cabeza y miró en torno con patética desesperanza. Vio a Joe y exclamó:

—¡Joe! ¡Tú me prometiste que nunca...!

—¿Es de usted esta navaja? —preguntó el *sheriff,* poniéndosela de pronto ante los ojos.

Si los demás no le hubiesen sostenido, Potter se hubiera caído. Le ayudaron a sentarse en el suelo. Entonces balbució:

—Me temía que si no volvía a recoger la...

Agitó las manos en el aire con un ademán de derrota, y añadió:

—Vamos, Joe, cuéntalo todo. Ya no sirve callar...

Tom y Huckleberry se quedaron boquiabiertos y mudos, mientras el desalmado Joe iba soltando serenamente su declaración, y esperaban que, de un momento a otro, el cielo se abriese para que Dios dejase caer un rayo sobre la cabeza del impostor. Y cuando comprobaron que, después de hablar, continuaba vivo y entero, su vacilante impulso de romper el juramento y salvar la vida del prisionero se disipó, pues comprendían que el infame estaba vendido a Satanás, y sería fatal entrometerse en cuestiones que no eran de este mundo.

—¿Por qué no te has ido, Muff? ¿Para qué necesitabas volver aquí? —preguntó alguien.

Potter gimió.

—¿Yo? No lo pude remediar, vecinos. Quería irme del pueblo, pero todo me atraía hacia aquí... Os juro que...

No sabía defenderse.

En cambio, Joe el Indio repitió su declaración con la misma impasibilidad, al verificarse poco después la encuesta bajo juramento. Viendo los dos chicos que los rayos de la justicia divina seguían aún sin aparecer, se afirmaron en la creencia de que Joe estaba vendido al demonio. Quedaba convertido para ellos en el objeto más horrible e interesante que habían visto jamás. No les era posible apartar de su cara impasible sus desorbitados ojos. Resolvieron, en su interior, vigilarlo durante la noche con la esperanza de que quizá lograsen atisbar a su infernal dueño.

Joe ayudó a levantar el cuerpo de la víctima y a cargarlo en un carro. Se cuchicheaba sobre el aspecto que ofrecía el muerto y que la herida había sangrado poco. Los dos muchachos abrigaron la esperanza de que de aquellos comentarios saliese algo de la verdad, pero quedaron desengañados cuando oyeron a otros comentar que Joe demostraba que se había encontrado a más de una vara de Muff Potter cuando este cometió el crimen.

Durante más de una semana Tom no pudo dormir tranquilo, atormentado por el terrible secreto que llevaba en la conciencia. Una mañana, durante el desayuno, dijo Sid:

—Te veo dar muchas vueltas en la cama, también te he oído hablar; no me dejas dormir tranquilo.

Tom bajó los ojos.

—¡Mala señal es esa! —comentó gravemente tía Polly—. ¿Qué te preocupa, Tom?

—Tía, nada, nada que yo sepa...

Pero su mano vertió el café, y su rostro se puso pálido. Sid insistió:

—Dice cosas más extrañas. Anoche gritaba: «Eso es sangre». Y también decía: «Bueno, no me atormentéis más; ya lo diré».

—¿Dirás qué? —preguntó la anciana—. Vamos, suelta lo que tienes ahí escondido.

Tom sentía que el mundo giraba locamente en su cabeza. Felizmente, del rostro de la tía se disipó la preocupación, y, sin saberlo, ayudó a su sobrino con comentario:

—Estarás, como todo el mundo, preocupado por ese crimen atroz. También yo sueño con él todas las noches, y a veces me parece tener algo de culpa...

Mary añadió que a ella le pasaba lo mismo. Sid quedó satisfecho con aquellas explicaciones que aclaraban las pesadillas de Tom. Este aprovechó tan grata circunstancia para esfumarse de la presencia de tía Polly y, por espacio de un par de semanas, se estuvo quejando de dolor de muelas, y por las noches se ataba las mandíbulas con un pañuelo. Nunca llegó a saber que Sid, por las noches, permanecía en acecho. Le desataba el pañuelo, y en la cama, vuelto hacia él, apoyado en un codo, escuchaba la retahíla que Tom soltaba en sus pesadillas.

Poco a poco, aquellas angustias mentales de Tom fueron pasando, así como su dolor de muelas. Si Sid llegó a deducir algo de los incoherentes murmullos de Tom, se lo guardó para él. A Tom le parecía que sus compañeros de escuela no iban a acabar nunca de celebrar juicios sobre gatos muertos, manteniendo así vivas sus preocupaciones. Sid observó que Tom no desempeñaba nunca el papel de *coroner* en sus pesquisas, aunque era costumbre suya ponerse al frente de toda nueva empresa; también notó que nunca actuaba como testigo... Eso resultaba sospechoso... Tampoco echó en olvido la circunstancia de que Tom mostraba una decidida contrariedad ante esas encuestas, y las rehuía siempre que podía. Sid se maravillaba de esa actitud de Tom, tan indiferente ante un suceso colmado de intrigas, pero nada dijo. Finalmente, las encuestas fueron olvidadas, dejando de atormentar la conciencia de Tom.

Por lo menos un día sí y otro no Tom se acercaba hasta la ventanita enrejada de la cárcel, y daba a hurtadillas al preso cuantos regalos podía proporcionarse.

La cárcel era una miserable covacha de ladrillo, levantada en medio de un fangal, al extremo del pueblo. Con aquellas dádivas, Tom aligeraba su conciencia. Sabía que los del pueblo tenían muchos deseos de encartar a Joe el Indio y exponerlo a la vergüenza pública por violador de tumbas; pero tan temible era su fama, que nadie osaba tomar la iniciativa. Joe había tenido el buen cuidado de empezar sus dos declaraciones con el relato de la pelea, sin confesar el robo del cadáver que le precedió, y por eso se consideró prudente no llevar, por el momento, el caso al tribunal.

CAPÍTULO XII

Tom tuvo una razón de mucho peso para apartar su pensamiento de las preocupaciones del crimen, y esta tenía por nombre Becky Thatcher.

La chica había dejado de acudir a la escuela. Tom se hizo el ánimo de mandarla a paseo, pero fue en vano. Sin advertirlo, se encontró rondando la casa de Becky, poseído de honda tristeza.

¿Estaría enferma?

¿Y si se muriese?

La idea era como para enloquecer. Preocupado por ella, había perdido su interés por el juego de la guerra y la piratería.

En un rincón guardó su aro y la raqueta. Ya no encontraba goce manoseando aquellos objetos.

Preocupada la tía por la actitud del muchacho, empezó a probar en él toda clase de medicinas. La anciana era de esas personas que tienen la chifladura por los productos farmacéuticos específicos, mostrándose adicta de todos los métodos para reforzar la salud o recomponerla. En cuanto aparecía un potingue nuevo, ardía en deseos de adquirirlo para ponerlo a prueba, no en sí misma, pues ella nunca se sentía aquejada de males, sino en la primera persona que tuviera a mano. Era suscriptora de todas las publicaciones que trataban de la salud, y la solemne ignorancia de que estaban repletas era como un oxígeno para sus pulmones. Todas las tonterías que leía en ellas acerca de la ventilación, el modo de acostarse y levantarse, qué se debe comer y beber, cuánto ejercicio hay que hacer y en qué estado de ánimo hay que vivir, así como las ropas que uno debe usar, eran para ella el Evangelio. Nunca advertía que sus amados periódicos salutíferos echaban por tierra en el número corriente aquello que habían recomendado en el anterior. Su buena fe y su innata sencillez la hacían una víctima de esa clase de literatura. Jamás se le ocurrió pensar que no era ella para su familia y vecinos un ángel consolador o un bálsamo infalible.

Por un tiempo, el tratar a las gentes aquejadas de debilidad con agua fría constituyó para tía Polly una terapéutica infalible. Sacaba al chico al despuntar el día, lo ponía de pie debajo del cobertizo de la leña y le echaba encima un diluvio de agua. Luego, restregándolo fuertemente con una toalla, le dejaba el cuerpo áspero como una lima. Inmediatamente le envolvía el cuerpo con una sábana empapada y lo ponía bajo mantas para hacerle sudar hasta que le salían por los poros las manchas que pudiera tener en el alma.

A pesar de esto, el muchacho estaba cada vez más taciturno y pálido. La tía añadió baños calientes, baños de asiento, duchas y zambullidas. Tom seguía tan triste como un féretro. Entonces la anciana comenzó a reforzar el tratamiento con gachas ligeras y sinapismos.

Pero todo fue inútil.

Tom acabó por hacerse insensible a todo aquel entusiasmo de tía Polly. Fue entonces cuando oyó hablar de un medicamento nuevo, el «matadolores». Encargó una buena remesa y se quedó extasiada al probarlo. Consistía simplemente en fuego en forma líquida. Administró a Tom una cucharadita del brebaje y observó con gran ansiedad el efecto. Instantáneamente se acabaron todas las aprensiones del chico, se hizo añicos su indiferencia, y el muchacho salió dando saltos como si le hubiera puesto una hoguera bajo los pies.

Tom empezaba a estar cansado de su conducta de chico dispuesto a morir por romanticismo. Fingió gustarle el «matadolores». Y tan a menudo solicitó aquella medicina, que la tía acabó por decirle que bebiese toda la que le diera la gana y la dejase en paz.

Lo que hacía Tom para quedar bien con ella y librarse de la ardiente medicina era encaminarse con el frasco hasta una grieta que había en el piso y echar por ella un buen chorro del famoso líquido.

Un día Tom estaba a punto de administrar el elixir a la grieta, cuando el gato amarillo de la tía llegó ronroneando, fijos los ojos en la cucharilla, mendigando para que le diesen un poco. Tom le dijo:

—No pidas lo que no necesitas, Perico.

Pero el gato daba señales de necesitar la droga.

—Bien, te daré una ración para que no creas que soy tacaño, pero si luego no te gusta, la culpa será tuya, no mía.

Tom le hizo abrir la boca y le vertió dentro un chorrito del «matadolores». Perico dio dos saltos seguidos, lanzó enseguida un salvaje maullido de guerra y empezó a dar vueltas y vueltas por el cuarto, chocando contra los muebles, volcando tiestos y sillas, hasta que, levantándose sobre las patas traseras, bailó poseído de frenético deleite. Luego salió disparado por toda la casa, sembrando el caos en su carrera. Tía Polly entró a tiempo de verlo ejecutar unos dobles saltos mortales y salir volando por la ventana, arrastrando con él lo que quedaba de los tiestos.

Petrificada por el asombro, la anciana miraba por encima de las gafas. Tom, tendido en el suelo, se retorcía de risa.

—¿Qué es lo que le sucede a ese gato, Tom?

—No lo sé, tía.

—Nunca he visto cosa semejante. ¿Qué le habrá hecho ponerse de ese modo?

—Los gatos siempre se ponen así cuando lo están pasando bien.

—Eso no es cierto.

—Sí, tía; vamos, eso me parece a mí...

—¿Qué te parece, dices?

—Sí, señora.

La anciana se había agachado. Tom la observaba con ansiedad. Cuando adivinó lo que había descubierto, ya era demasiado tarde. El mango de la cucharilla delatora se veía por debajo de las ropas que colgaban de la cama. Tom bajó los ojos. Tía Polly lo levantó por el acostumbrado agarradero de la oreja y le propinó un fuerte papirotazo en la cabeza con el dedal.

—¿Ahora me dirá usted por qué ha tratado de esa manera al pobre animal?

—De lástima. No tiene tías que lo curen.

—¿Qué embuste es este?

—Si Perico hubiera tenido una tía que mirase por él, ya estaría muerto hace tiempo, con las tripas convertidas en brasas como me estaba pasando a mí.

La angustia del remordimiento acometió de pronto a tía Polly. Pensó que lo que era crueldad para un gato podía también serlo para un chico. Se estremeció. Puso una mano sobre la cabeza de Tom, y dulcemente le dijo:

—Lo hice con la mejor intención, Tom. Además, creo que te ha hecho bien.

El chico la miró con un imperceptible guiño de malicia en los ojos.

—Ya sé que lo hiciste con la mejor intención; lo mismo me ha pasado a mí con Perico. También a él debe haberle sentado bien. Nunca lo he visto dar brincos con tanta agilidad.

—¡Anda, barrabás! Vete de aquí antes de que me hagas enfadar de nuevo. Y trata de ser bueno por una vez; así no tendrás que tomar medicinas.

Desde un tiempo atrás, Tom llegaba a la escuela antes de la hora. Este hecho se venía repitiendo, pero no entraba a clase: se quedaba en el patio o por los alrededores de la puerta, en vez de jugar con los demás chicos.

Decía que estaba enfermo, y su aspecto lo confirmaba.

Aquel día aparentó que estaba mirando en todas direcciones, menos en la que realmente le interesaba.

Al poco apareció Jeff Thatcher, y a Tom se le iluminó la cara. Luego se le acercó, llevando hábilmente la conversación para darle motivo de decir algo de Becky, pero el atolondrado Jeff no vio el cebo. Tom siguió en acecho, lleno de esperanza, cada vez que una falda revoloteaba a lo lejos, y odiando a su propietaria cuando comprobaba que no era la que él esperaba.

Al fin cesaron de aparecer faldas y cayó en negra melancolía. Entrando en el aula, aún vacía, se sentó en un banco para sufrir a solas.

Sin embargo, una falda más penetró por la puerta del patio, y el corazón le pegó un brinco. Un segundo después, Tom estaba fuera, lanzado al ataque como un indio bravo; rugía, reía, perseguía a los chicos, saltaba la valla a riesgo de romperse una pierna o la cabeza. En suma, se entregaba a todas las heroicidades de que era capaz, sin dejar un momento de observar a Becky y comprobar si ella se fijaba en él. Pero la chica no lo miró una sola vez. ¿Cómo era posible que no notara su presencia?

Entonces trasladó el campo de sus hazañas a una zona más próxima a Becky. Llegó lanzando el grito de guerra de los indios; arrebató la gorra a un chico y la arrojó al tejado de la escuela, atravesó un grupo de muchachos, tumbándolos a diestra y siniestra, y terminó cayendo de bruces delante de Becky, haciéndole vacilar.

Pero ella le volvió la espalda, con la nariz respingada, y Tom la oyó exclamar:

—¡Puff! ¡Siempre presumiendo!

Tom sintió que se le incendiaban las mejillas. Se puso de pie y salió, abochornado y abatido.

CAPÍTULO XIII

Tom meditaba tomar una resolución extrema.

Estaba desesperado. Era, se decía, un chico abandonado de todos y a quien nadie quería. Cuando supieran a qué extremo lo habían llevado, muchos tendrían que deplorarlo.

Él había tratado de ser bueno y de obrar rectamente. Para esto de nada le servía. Puesto que lo único que deseaban era deshacerse de él, así sería. Lo forzaban a tomar otros derroteros. Llevaría una vida de crímenes; sería una especie de Joe el Indio.

Se había alejado de la escuela, y ya en pleno campo, el tañido de la campana que llamaba a clase de tarde llegó débilmente hasta él.

Sollozó pensando que aquel toque familiar no volvería a ser escuchado por él. La culpa no era suya, puesto que se veía arrojado a la fuerza en el inmenso mundo... Sin embargo, su alma estaba llena de perdón para todos. Sí, los perdonaba. Y sus sollozos se hicieron más hondos y frecuentes.

Fue en aquel momento cuando se encontró con Joe Harper, su amigo del alma. Joe tenía la mirada torva; sin duda, alimentaba en su alma alguna terrible resolución. Se habían juntado allí *dos almas y un solo pensamiento*. Limpiándose las lágrimas con el revés de la manga, Tom se puso a balbucear algo referente a los malos tratos que recibía en su casa y a su deseo de escapar de tan perra vida, lanzándose por el mundo, para no volver al pueblo. Estaba seguro de que Joe no lo olvidaría.

Pronto se dio cuenta de que, precisamente, Joe deseaba expresar idéntica situación de ánimo. Su madre le había dado una fuerte paliza por haber metido los dedos en cierta crema que jamás había paladeado y cuya existencia ignoraba. Claramente comprendía que su madre estaba harta de él y quería que se fuera. No le quedaba, pues, otro remedio que sucumbir.

Condoliéndose de su situación, hicieron el pacto de ayudarse en el futuro como dos hermanos, no separándose hasta que la muerte los librase de sus sufrimientos. Luego trazaron planes. Joe se convertiría en un anacoreta y viviría de mendrugos en cualquier cueva, hasta que, a la llegada del invierno, lo encontrasen muerto de frío. Pero después de escuchar a Tom, reconoció que había ventajas notorias en consagrar su existencia al delito, y, como mal menor, se avino a convertirse en pirata.

A unas tres millas aguas abajo de San Petersburgo, en cierto lugar donde el río Misisipí tenía una anchura de una milla, existía una isla angosta y larga, cubierta de bosque, con una pequeña ensenada en la punta más próxima, lugar excelente para base de operaciones. Nadie vivía en ella; se hallaba en el lado opuesto del río, frente a una densa selva. Eligieron, pues, aquel lugar, llamado isla de Jackson.

Al principio no se detuvieron a pensar quiénes iban a ser las víctimas de sus piraterías. Elegido el sitio, se dedicaron a buscar a Huckleberry Finn, el cual encontró excelente la idea de unírseles, pues para él todas las profesiones resultaban interesantes. Luego se separaron, conviniendo en volver a encontrarse en un paraje solitario, en la orilla del Misisipí, dos millas más arriba del pueblo, a la hora favorita, esto es, a medianoche.

Había en aquel lugar una pequeña balsa de troncos, de la que pensaban apropiarse. Los tres traerían anzuelos y los víveres que pudieran robar de un modo misterioso, propio de gentes colocadas fuera de la ley. Aquella tarde se proporcionaron el delicioso placer de echar a volar la noticia de que muy pronto todo el pueblo iba a tener conocimiento de «algo gordo», y a los que recibieron esa vaga confidencia se les advirtió que debían guardar el mayor secreto y esperar los acontecimientos.

Al filo de la medianoche llegó Tom al lugar de la cita con un jamón cocido y otros pocos víveres. Se detuvo en un pequeño acantilado, muy boscoso, que dominaba el lugar de la cita. El cielo estaba estrellado y la noche tranquila. El gran río susurraba como un océano encalmado. Tom se puso a escuchar, pero ningún ruido turbaba la quietud. Dio un largo silbido. Otro silbido le contestó debajo del acantilado. Tom silbó dos veces más, recibiendo igual número de respuestas. Después percibió una voz:

—¿Quién vive?

—Tom Sawyer, el Tenebroso Vengador del Caribe. Y vosotros, ¿quiénes sois?

—Huck Finn, Manos Rojas; y Joe Harper, el Terror de los Mares.

Tom les había dado esos títulos, sacados de su literatura favorita.

—Decid la contraseña.

Dos voces broncas lanzaron al mismo tiempo una exclamación terrorífica:

—¡Sangre!

Tom dejó entonces deslizarse el jamón, acantilado abajo, siguiéndolo y dejando en la aspereza del camino unos jirones de su ropa y algo de su propia piel. Por una senda, a lo largo de la orilla, pudo haber llegado al mismo sitio, pero cuando se es un bandido, es preciso huir de los medios cómodos para aceptar las dificultades y peligros tan apreciados por los piratas.

El Terror de los Mares se presentó con una lonja de tocino y Huck Finn, Manos Rojas, presentó una cazuela robada y algunas hojas de tabaco a medio curar, aportando tres mazorcas para hacer pipas. Pero solo él fumaba y masticaba tabaco. El Tenebroso Vengador dijo que no era posible emprender ninguna aventura sin llevar fuego. La idea era previsora, pues en aquel tiempo apenas se conocían los fósforos. Viendo un gran rescoldo en una balsa, a cien metros de allí, río arriba, se acercaron, apoderándose de algunos tizones. Con aquello dieron principio a lo que deseaban que fuese una emocionante aventura. A cada rato emitían un ¡chist!, se paraban, y llevaban las manos a la empuñadura de imaginarias espadas, diciendo con voz tenebrosa:

—Si el enemigo se mueve, le traspasaremos de lado a lado.

Claro que sabían de sobra que los tripulantes de la balsa se encontraban en el pueblo, abasteciéndose o de juerga, pero eso no era motivo para que no hicieran las cosas a estilo pirata.

Desatracaron la balsa, bajo el mando de Tom, con Huck en el remo de popa y Joe en el de proa. Tom, erguido en mitad de la embarcación, cruzado de brazos, daba órdenes con voz bronca.

—¡Cíñete al viento!... ¡No guiñar, no guiñar!... ¡Una cuarta a barlovento!

Como los remeros no cesaban de empujar la balsa hacia el centro de la corriente, era cosa entendida que Tom daba aquellas órdenes solo por demostrar lo que sabía del oficio de navegante.

—¿Qué aparejo lleva?

—Gavias y foque.

—¡Largad las monterillas! ¡Que seis de vosotros suban a las crucetas!... ¡Templad las escotas! ¡Todo a babor! ¡Firme!

La balsa dejó atrás la fuerza de la corriente y los chicos se encontraron navegando hacia la isla. En los tres cuartos de hora siguientes apenas pronunciaron palabra. La balsa estaba pasando por delante del lejano pueblo, señalado por algunas lucecitas parpadeantes. El Tenebroso Vengador del Caribe permanecía aún con los brazos cruzados, fija la mirada en el teatro de sus «pasados placeres» y sus recientes desdichas. Lamentaba que «ella» no pudiera verlo en aquel momento, perdido en el proceloso mar, afrontando el peligro y la muerte con impávido corazón.

Poco le costaba a su imaginación trasladar la isla de Jackson más allá de la vista del pueblo. Con ánimo desesperado y a la vez satisfecho, lanzó su «última mirada» al pueblo lejano. Los otros piratas también dirigían «últimas miradas» al mismo punto, y tan largas fueron estas que, descuidando los remos, estuvieron a punto de que la corriente arrastrase la balsa fuera del rumbo de la isla. Pero notaron a tiempo el peligro y se esforzaron en evitarlo.

Cerca de las dos de la madrugada, la embarcación varó en la ensenada, a doscientos metros de la punta de la isla, y sus tripulantes se echaron al agua para desembarcar el menguado cargamento. Entre los pertrechos

encontraron una vela decrépita. La tendieron sobre un cobijo, entre los matorrales, para resguardar las provisiones. Ellos pensaban dormir al aire libre cuando hiciera buen tiempo, como era de uso entre la gente aventurera. Junto a un tronco caído, encendieron una hoguera. Para cenar guisaron el tocino en la sartén, añadiéndole la mitad de la harina de maíz que habían llevado. Les parecía cosa de maravilla encontrarse en aquel lugar, sin trabas, en plena selva de una isla inexplorada, lejos de toda humana morada, y se prometieron no volver jamás a la civilización.

Las llamas, alzándose, iluminaron sus rostros y arrojaban su rojizo fulgor sobre los altos troncos que sostenían el denso follaje del bosque. Cuando desapareció la última sabrosa lonja de tocino y devoraron la ración de maíz, se acostaron sobre la hierba, henchidos de felicidad. Les hubiera sido fácil buscar un sitio más fresco, pero no querían privarse de un detalle tan romántico como la proximidad de la abrasadora fogata del campamento.

—¿Verdad que es esto cosa rica? —comentó Joe.

—Sí, de primera —afirmó Tom.

—¿Qué dirían los chicos del pueblo si nos viesen?

—Se morirían de ganas de estar aquí, ¿eh, Huck?

—Con toda seguridad —dijo Huckleberry—. En lo que a mí toca, no necesito cosa mejor. Casi nunca tengo lo necesario para hartarme de comer; además, aquí no pueden venir para darle a uno patadas o fastidiarlo.

—Es la vida que a mí me encanta —remachó Tom—; no tenemos que dejar la cama temprano, ni lavarnos, ni ir a la escuela; nada de esas malditas tonterías que amargan las horas. Ya ves, Joe, un pirata nada tiene que hacer cuando está en tierra; en cambio, un anacoreta debe rezar una atrocidad y no puede divertirse por estar siempre solo.

—Tienes razón —dijo Joe—, pero no había pensado bien en ello. Ahora que he comprendido, prefiero pasarme a pirata.

—En estos tiempos —comentó Tom—, a la gente no le da por meterse a anacoreta como sucedía antiguamente. En cambio, un pirata es siempre bien mirado. Además, los anacoretas tienen que dormir siempre en los sitios más duros, y se ponen trapos y cenizas en la cabeza, y cuando llueve se empapan.

—¿Por qué se ponen trapos y ceniza en la cabeza? —preguntó Huck.

—Es la costumbre. Si fueras anacoreta, también tú tendrías que hacerlo.

—¡Un cuerno! —exclamó Huck.

—Faltarías a tu obligación.

—Como quieras; no aguantaría eso.

—¡Vaya un anacoreta que ibas a ser tú! ¡Una vergüenza!

Entre tanto, Manos Rojas, a la luz de la fogata, había acabado de agujerear una mazorca y, clavándole un tallo hueco para servir de boquilla, la llenó de tabaco y arrimó un ascua. Lanzó al aire una bocanada de humo. Se sentía en la cúspide de la voluptuosidad. Los otros piratas envidiaron aquel vicio majestuoso, y en su interior resolvieron entregarse a él de modo inmediato.

—¿Qué es lo que tienen que hacer los piratas? —preguntó Huck.

—Pasarlo en grande...; apresar barcos y quemarlos, después de retirar el dinero y los tesoros que van en ellos; y matar a los tripulantes y pasajeros.

—¿También a las mujeres?

—No, a las mujeres no las matan; son demasiado nobles. Además, las mujeres son preciosas, al menos las que andan en los barcos...

—Dicen que van vestidas de lujo, con trajes de oro o de plata —añadió Joe entusiasmado—. Van cargadas de diamantes.

Huck lanzó una lastimera mirada a su indumentaria.

—Mi ropa no es como la de un pirata —dijo desconsolado—, pero no tengo otra cosa que ponerme.

Para animarlo, sus compañeros le aseguraron que, en cuanto diesen comienzo a sus aventuras, les lloverían a montones los trajes lujosos y podría quitarse esos pingajos de encima.

Lentamente fue acabándose la conversación. Los ojos de aquellos solitarios aventureros fueron cerrándose por efecto del cansancio. A Manos Rojas se le escurrió la pipa por entre los dedos y se quedó dormido con el sueño del que tiene el cuerpo cansado. El Terror de los Mares y el Tenebroso Vengador del Caribe tardaron más en dormirse. Mentalmente recitaron sus oraciones tumbados, puesto que allí no había nadie que los obligase a decirlas de rodillas y en voz alta, pero en el fondo sentían miedo de faltar a las costumbres.

Poco a poco un intruso se hizo presente en sus conciencias. Les asaltó un vago temor por haberse escapado de sus casas; después se acordaron de sus robos de comestibles y entonces les asaltaron verdaderas torturas. Trataron de acallarlas diciéndose que en otras ocasiones habían robado golosinas y manzanas, pero la conciencia no se tranquilizaba con tales sutilezas. Estaban convencidos de que coger golosinas no era un delito, mientras que llevarse jamón, tocino y cosas de comer era sencillamente un «robo», y contra eso se levantaba acusador un mandamiento de la Biblia. Por ello, en su fuero interno, resolvieron que, mientras permanecieran dedicados a su profesión de piratas, no volverían a envilecerse robando. Con estas reflexiones, la conciencia les concedió una tregua y, al fin, aquellos raros e inconsecuentes piratas se quedaron dormidos.

CAPÍTULO XIV

T om, al despertarse a la mañana siguiente, se preguntó dónde se
encontraba.

Se incorporó y, frotándose los ojos, pareció darse cuenta de su situación.

El alba gris y fresca producía una grata sensación de paz. No se movía
una hoja; ningún ruido alteraba el gran recogimiento de la naturaleza.
Gotas de rocío temblaban en el follaje y en la hierba. Una capa de ceniza
cubría el fuego y una tenue columnita de humo se alzaba en el aire.

Joe y Huck estaban aún dormidos. Muy lejos, en la profundidad del bosque, se escuchó el canto de un pájaro, que fue inmediatamente contesta-
do por otro. Poco a poco, el gris amanecer fue blanqueándose; al propio
tiempo, los sonidos se multiplicaban y la vida surgía. Sacudiendo su sueño,
la naturaleza se ponía a trabajar ante los ojos atónitos del muchacho.

Una diminuta oruga verde llegó arrastrándose sobre una hoja llena de
rocío, levantando más de la mitad de su cuerpo en el aire. Parecía olisquear
a su alrededor, y luego continuaba su lento camino. Cuando el gusano se
dirigió derechamente hacia Tom, este siguió sentado, inmóvil, mirando
al animalito y tratando, en su fuero interno, de unir a su deslizamiento
sus marchitas esperanzas. Y cuando finalmente la oruga, tras una nueva

detención, empezó a subir por la pierna del muchacho, el corazón le dio un vuelco de alegría. Aquello significaba que iba a recibir un traje nuevo; sin duda, un deslumbrador uniforme de pirata.

Después hizo su aparición una fila de hormigas, afanadas en sus varios trabajos. Una de ellas, forcejeando virilmente, arrastraba una araña muerta, cinco veces mayor que ella, y la siguió llevando tronco arriba. Una mariquita, con lindas motas oscuras, trepó la vertiginosa altura de una hierba, y Tom se inclinó sobre ella y le dijo:

Mariquita, mariquita, a tu casa vuela...
En tu casa hay fuego; tus hijos se queman...

La mariquita levantó el vuelo y se alejó para enterarse. Tom no se sorprendió de ello, pues sabía lo crédulos que eran aquellos insectos en materia de incendios, y más de una vez se había divertido a costa de su simplicidad. Después se presentó un escarabajo, empujando tozudamente su pelota; Tom lo tocó con el dedo para verle encoger las patas y hacerse el muerto.

En lo alto, los pájaros armaban ya una bulliciosa algarabía. Un pájaro-gato, el mismo de los bosques del Norte, se paró en un árbol, sobre la cabeza de Tom, y empezó a imitar el canto de sus vecinos con un loco entusiasmo. Un arrendajo azul se abatió como relampagueante llamarada, posándose en otra rama, casi al alcance de la mano de Tom; girando la cabeza, miró a los intrusos con ansiosa curiosidad. A la vez, una ardilla gris y un zorro-ardilla pasaron veloces, sentándose de cuando en cuando a charlar y a examinar de lejos a los muchachos. Probablemente no habían visto nunca en su vida seres tan extraños, no sabiendo si temerlos o no. Toda la naturaleza se mostraba despierta y en plena actividad, mientras los rayos del sol se introducían como rectas lanzas por entre las copas de los árboles y las mariposas iniciaban su revoloteo como jugando con la luz dorada.

Tom despertó a los otros dos piratas, y los tres echaron a correr dando gritos, quitándose la ropa, saltando unos sobre otros en el agua limpia y poco profunda de la ensenada. No parecían sentir nostalgia alguna por el pueblo que dormitaba a los lejos, más allá de la quieta corriente del río. No vieron la balsa en su sitio, pero no se preocuparon por ello; aquella pérdida era algo así como quemar el puente que los unía a la civilización.

Frescos y vigorizados por el baño, regresaron al campamento. Sentían un hambre rabiosa. Reanimaron el fuego. Huck descubrió un manantial de agua fresca muy cerca de allí. Hicieron una especie de vasos con las anchas hojas de un árbol, y se dijeron que con aquel procedimiento podían reemplazar el café. Mientras Joe cortaba lonjas de tocino para el desayuno, Tom y Huck le dijeron que aguardase un momento, y se fueron a un recodo del río. Echados al agua los aparejos de pesca, al instante se colmaron sus esperanzas. Joe no había tenido tiempo de impacientarse, cuando ya los otros estaban de vuelta con un par de hermosas percas, un pez-gato y otros peces peculiares del Misisipí. Aquello sobraba para toda una familia. Frieron los pescados con el tocino, y se dijeron que nunca habían probado cosa tan exquisita. Ignoraban que los peces de agua dulce saben mejor cuanto antes pasen del río a la sartén.

Terminado el desayuno, se tendieron a la sombra, mientras Huck se regodeaba con una pipada. Después echaron a andar a través del bosque en viaje de exploración. Vieron que la isla era bastante larga y que la otra orilla solo estaba separada por una fracción de bosque de unos doscientos metros de ancho. Volvieron a bañarse, y cuando ya era media tarde regresaron al campamento. Tenían demasiado apetito para pensar en la captura de más peces, pero comieron espléndidamente con jamón; después volvieron a echarse a la sombra para charlar.

Al poco rato, su conversación cesó. La quietud y la soledad que transpiraban los bosques empezaron a gravitar sobre sus espíritus. Una especie de anhelo fue apoderándose de ellos. A poco, tomaba forma más precisa. Era un embrión de nostalgia de sus hogares. Hasta Huck, Manos Rojas, se acordaba de los quicios de los portales y de los barriles vacíos en los que solía acogerse. Pero avergonzados de su debilidad no se atrevieron a expresar lo que sentían.

Un ligero rumor, como el tictac de un reloj, se dejó oír a lo lejos. Los muchachos se incorporaron, mirándose con cierta inquietud. Primero reinó el silencio; luego, un sordo trueno llegó a ras del agua hasta sus oídos.

—¿Qué será? —preguntó Joe.

—¿Qué será? —repitió Tom.

—Eso no es trueno —dijo Huck, alarmado—, porque el trueno...

—¡Chist! —exclamó Tom—. ¡No habléis!

Durante un rato, que les pareció interminable, fueron todos oídos. Luego, el mismo sordo fragor turbó el silencio.

—Vamos a ver qué es.

De un salto se pusieron de pie para correr hacia la orilla en dirección al pueblo. Apartando matas y arbustos, miraron a lo lejos, sobre la superficie del río.

La barca de vapor estaba como a una milla más allá del pueblo, dejándose arrastrar por la corriente. Su amplia cubierta aparecía llena de gente. Había muchos botes bogando de aquí para allá, sin apartarse mucho de la barca. Pero los muchachos no podían comprender qué hacían los que los tripulaban. De pronto, una gran bocanada de humo blanco salió del costado de la barca, y según se iba extendiendo y elevándose como una nube, el mismo sordo y retumbante ruido volvió a estremecerlos.

—¡Ya sé lo que pasa! —exclamó Tom—. Alguien se ha ahogado.

—Sí —confirmó Huck—. Eso mismo hicieron el verano pasado cuando se ahogó Bill Turner; tiran un cañonazo y eso hace subir el cuerpo a la superficie. Y también echan hogazas de pan con azogue dentro y las ponen sobre el agua. Las hogazas flotan hasta el sitio donde está el ahogado.

—He oído contar eso —comentó Joe—. ¿Qué será lo que hacen las hogazas?

—¡Lo que yo daría por estar ahora allí! —exclamó Joe.

—¡Y yo también! —dijo Huck—. Daría una mano por saber quién es el ahogado.

Continuaron pendientes del lejano espectáculo, aguzando el oído. De pronto, una idea se abrió paso en la mente de Tom, que exclamó:

—¡Ya sé quién se ha ahogado!

—¿Quién? —preguntó Joe.

—Nosotros.

Pasado un momento de consternación, se sintieron héroes. Los echaban de menos, quizá ya se vestían de luto por ellos; todo el pueblo se acongojaba y los familiares vertían lágrimas por su causa. Seguramente a muchos les remordía la conciencia por los malos tratos que les habían infligido; y lo que más valía eran los comentarios de todo el pueblo y la envidia de los otros muchachos por la deslumbrante notoriedad que ellos estaban adquiriendo.

Reconocieron que valía la pena ser piratas.

Al oscurecer, la barca volvió a su apostadero y los botes desaparecieron.

Los piratas regresaron al campamento.

Estaban locos de satisfacción por su nueva grandeza y por la conmoción que habían causado en el vecindario.

Salieron a pescar, cocinaron la cena y, después de comer, se dedicaron a adivinar lo que en el pueblo se estaría diciendo de ellos. Las visiones que se forjaban de la angustia pública les resultaban halagadoras.

Pero cuando quedaron envueltos en las tinieblas de la noche, la charla fue apagándose poco a poco, y permanecieron mirando el fuego, con el pensamiento lejos de allí. El entusiasmo había desaparecido, y tanto Tom como Joe no podían apartar de su mente el recuerdo de ciertas personas que, allá en sus casas, no se solazaban con aquel juego gustoso. Surgían recelos, se sentían intranquilos y descontentos... Sin darse cuenta, dejaron escapar algún suspiro. Al fin Joe, disimuladamente, les tendió un anzuelo para ver cómo los otros tomarían la idea de volver a integrarse en la civilización.

Tom lo abrumó con sarcasmo. Huck, que no había aún soltado prenda, se puso del lado de Tom. Entonces Joe se apresuró a dar explicaciones, tratando de ocultar su vacilación. La rebelión quedaba sofocada por el momento.

Cerrada la noche, Huck comenzó a dar cabezadas y a roncar después; Joe le siguió. Tom permaneció por algún tiempo echado de codos, mirando a los otros dos. Finalmente, se puso de rodillas y empezó a rebuscar por la hierba, a la rojiza claridad de la hoguera. Cogió y examinó varios trozos de corteza blanca y enrollada, y escogió dos que, al parecer, le serían útiles. Después se agachó junto al fuego y, con gran trabajo, escribió algo en cada uno de ellos con el tejo del que nunca se separaba. Uno lo enrolló y metió en el bolsillo de la chaqueta; el otro en la gorra de Joe, apartándola un poco de su dueño. Y también puso en la gorra ciertos tesoros, entre ellos un trozo de tiza, una pelota de goma, tres anzuelos y una canica de las conocidas como de «cristal de verdad». Después siguió andando de puntillas con gran cuidado por entre los árboles, hasta que comprendió que ya no podía ser oído. Y entonces echó a correr en dirección a la ensenada.

CAPÍTULO XV

Pocos momentos después Tom ya estaba metido en el agua, hasta la cintura, vadeando el río hacia la ribera de Illinois.

Cuando la corriente le impidió seguir vadeando, se echó a nadar. La corriente era fuerte y lo arrastraba más abajo de lo que él deseaba. No obstante, se fue acercando a la costa, se dejó llevar hasta un banco y se puso de pie. Metiéndose la mano en el bolsillo, tocó el trozo de corteza, lo cual pareció tranquilizarlo. Inmediatamente emprendió la marcha a través del bosque, con la ropa chorreando. Sería medianoche cuando llegó a un sitio despejado, frente al pueblo; allí vio la barca fondeada a la sombra de los árboles y frente al terraplén.

Todo estaba tranquilo bajo las estrellas. Descendió gateando la cuesta, mirando con desconfianza a su alrededor. Luego volvió a deslizarse en el agua, dio algunas brazadas y se encaramó al bote que hacía las veces de chinchorro, a popa de la barca. Tras agazaparse bajo las tablas que hacían de bancos, recobró el aliento. Al poco rato sonó la cascada campana de la embarcación y una voz dio la orden de desatracar. Pasados unos momentos, el bote navegaba a remolque del vaporcito, alzándose sobre los remolinos de la estela que dejaban las ruedas. El viaje había empezado, y Tom, satisfecho, pensaba que aquella era la última travesía de la noche.

Tras un cuarto de hora, que le pareció una eternidad, las ruedas se detuvieron. Tom se echó al agua por la borda y nadó en la oscuridad hacia la orilla, llegando a tierra un centenar de metros más abajo, fuera del riesgo de posibles encuentros. Corriendo por callejas poco frecuentadas, un instante después llegaba a la parte trasera de la valla de su casa.

Salvando el obstáculo, trepó hasta la ventana de la salita, de la que salía luz. Allí estaban tía Polly, Sid, Mary y la madre de Joe Harper reunidos en conciliábulo. Los veía sentados junto a la cama, la cual se interponía entre el grupo y la puerta. Tom se acercó a la puerta y empezó a levantar suavemente la falleba. Después empujó un poquito y se produjo un chirrido. Siguió empujando con gran cuidado, temblando cada vez que los goznes chirriaban, hasta que vio que le sería posible entrar de rodillas. Introdujo la cabeza y, poco a poco, acabó por meter en la habitación el resto de su persona.

—¿Por qué se mueve tanto la vela? —preguntó tía Polly. *(Tom se apresuró)*—. ¡Ah, naturalmente, está entreabierta la puerta! No dejan de pasar cosas raras...

Tom se escurrió bajo la cama en el momento preciso. Descansó un instante, respirando a sus anchas; después se arrastró hasta casi tocar los pies de la anciana.

—Sid, cierra esa puerta —dijo esta.

El chico obedeció de una manera maquinal, y tía Polly prosiguió:

—Como iba diciendo, Tom no era lo que se llama un chico malo, pero sí enredador y travieso. Sí, un atolondrado y tarambana. Su cabeza no tenía más pensamientos que los de un potrillo, pero no hacía las cosas con mala idea; su corazón era de oro.

Empezó a llorar y a sonarse ruidosamente la nariz.

—Así era también mi Joe —dijo la madre de este—: siempre dando guerra, pero era lo menos egoísta que pueda creerse. ¡Y pensar, Dios mío, que le zurré por meter los dedos en la crema que yo misma había desechado por ponerse agria! ¡Ya no lo veré en este mundo!... ¡Ay, pobrecillo!

Y como tía Polly, se echó a llorar desconsoladamente.

—Yo espero que Tom lo pasará bien donde está —intervino Sid—; pero si se hubiera portado algo mejor en algunos momentos...

—¡Sid!... *(Tom imaginó la relampagueante mirada que su tía debía haberle dirigido.)* ¡No permito que se diga una sola palabra contra Tom ahora que lo hemos perdido! Estoy segura de que Dios lo protegerá. Vamos, no llore más, señora Harper. Yo tampoco puedo olvidarlo ni resignarme a esta pérdida que las dos sentimos en carne propia.

—El Señor da y el Señor quita. ¡Pero es tan atroz perder lo que se quiere! ¡Cuánto me arrepiento de los bofetones que le aticé! ¡Ay! Si lo tuviera aquí, me lo comería a besos.

—Ya lo comprendo. Figúrese que ayer, sin ir más lejos, Tom rellenó al gato de «matadolores». Creí que el animal iba a echar la casa al suelo. ¡Que Dios me perdone por haberle dado un dedalazo al culpable! Haga el Señor que el pobrecito descanse en paz.

Mientras la tía hipaba dolorosamente, Tom, debajo de la cama, no podía contener sus pucheros, compadeciéndose a sí mismo. Oía también el llanto de Mary y balbucear alguna que otra palabra en su defensa. Esto le hizo tener una más alta idea de sí mismo. A pesar de ello, estaba tan enternecido con el dolor de su tía, que ansiaba salir de su escondite para colmarla de alegría; pero se contuvo sin moverse. Siguió escuchando, enterándose así de que al principio se creyó que los muchachos se habían ahogado al ir a bañarse. Después, al echarse de menos la balsa y decir algunos chicos que los desaparecidos habían prometido que en el pueblo iba a oírse «algo gordo», los más espabilados del lugar, atando cabos, coligieron que los muchachos se habían ido en la balsa y aparecerían en el pueblo inmediato, río abajo. Pero a eso del mediodía se encontró la balsa encallada en la orilla del Misuri, y entonces se perdió toda esperanza de hallarlos con vida, pues, de no ser así, el hambre les hubiera obligado a regresar a sus casas al oscurecer. Se creía que la búsqueda de los cadáveres no había dado resultado porque los chicos debieron ahogarse en medio de la corriente, puesto que de otro modo, y siendo buenos nadadores, hubieran llegado a la orilla.

Era la noche del miércoles. Si para el domingo no aparecían los cadáveres, sería preciso desechar toda esperanza de encontrarlos con vida. Entonces los funerales debían celebrarse aquella mañana.

Tom sintió un escalofrío.

Sollozando, la señora Harper dio las buenas noches e hizo ademán de irse. Por un impulso instantáneo, las dos mujeres se abrazaron, y tras muchas lágrimas, al fin se separaron. Luego, tía Polly se enterneció más de lo que hubiera querido al dar las buenas noches a Mary y a Sid. Seguidamente, la anciana se arrodilló y rezó con tal fervor y con palabras tan llenas de sentimiento que Tom, en su escondite, se estremecía bañado en lágrimas.

Cuando la tía se acostó, Tom permaneció quieto un rato, oyendo cómo soltaba suspiros y quejas. Al fin se quedó dormida, aunque entre sueños se le escapaba algún sollozo. Entonces Tom salió de su escondite y, cubriendo con la mano la luz de la vela, quedose mirando a la durmiente.

Sentía una gran compasión por ella. Sacó el rollo de corteza y lo depositó junto al candelabro; pero, asaltado por una súbita idea, se puso a meditar. Después, un pensamiento feliz le iluminó el rostro. Volvió a guardar la corteza en el bolsillo. Luego, inclinándose sobre la tía, besó su marchito rostro y salió en sigilo, cerrando la puerta tras de sí.

No viendo a nadie por allí, tomó el camino que conducía al embarcadero. Sin titubeos, subió a la barca, seguro de que nadie había de molestarlo, pues aunque quedaba un guarda a bordo, este tenía la costumbre de meterse en su yacija, durmiendo como un santo de piedra.

Desamarrando luego el bote que estaba a popa, remó río arriba. Al llegar a una milla del pueblo, empezó a sesgar la corriente, empleando en ello todas sus fuerzas. Fue a parar exactamente al embarcadero de la otra orilla. Tentado estuvo de llevarse el bote, pensando que era una presa legítima para un pirata; pero sabiendo que se le buscaría por todas partes y eso podía conducir a su descubrimiento, lo dejó abandonado, penetrando en el bosque. Tras un rato de marcha, se sentó a descansar, haciendo esfuerzos para no quedarse dormido.

La noche estaba tocando a su término cuando, tras larga caminata, llegó frente al banco de la isla. Se tomó otro descanso hasta que el sol doró el gran río con su esplendor, y entonces se echó a la corriente. Poco después, chorreando, se detenía frente al campamento en el momento en que decía Joe:

—Tom cumple su palabra. Te aseguro, Huck, que él sabe que sería un deshonor para un pirata dejarnos abandonados. Algo se trae entre manos.

—Sea como sea, todo lo que hay aquí nos pertenece, ¿verdad?

—Según... lo que ha escrito dice que será para nosotros si él no vuelve para el desayuno.

—¡Y aquí estoy! —exclamó Tom teatralmente, avanzando hacia sus compañeros.

En un momento quedó preparado el suculento desayuno de torreznos y pescado y, mientras lo despachaban, Tom hizo, con adornos, el relato de sus aventuras de la noche. Cuando terminó, aquellos tres héroes desbordaban vanidad y orgullo, sabiendo que eran la preocupación y comidilla de todo el pueblo.

Minutos después, Tom roncaba a la sombra del sicomoro, cuya corteza le había servido para escribir sobre ella sus memorables mensajes.

CAPÍTULO XVI

Terminada la comida, la cuadrilla salió a la caza de huevos de tortuga en los alrededores de la pequeña ensenada. Iban de un lado a otro, metiendo palitos en la arena. Cuando encontraban un sitio blando, se ponían de rodillas y escarbaban con las manos. En ocasiones, sacaban cincuenta o sesenta de un solo agujero. Eran blancos y redondos, un poco más pequeños que una nuez.

Aquella noche hicieron una estupenda fritanga de huevos. Por la mañana, después de desayunar, corrieron otra vez a la ensenada, dando gritos, haciendo cabriolas y dejándose jirones de ropa por el camino. Luego se desnudaron, continuando la algazara dentro del agua hasta un sitio donde la corriente era más fuerte y les hacía perder pie, aumentando con ello el jolgorio y los gritos. Estaban locos de alegría; se echaban agua a la cara, volviendo la cabeza para evitar la ducha, y se agarraban para luchar, tratando de sumergirse unos a otros bajo la superficie. Cuando los tres emergían chorreando, se miraban, estallando en carcajadas.

Solo al quedarse sin aliento, salían del agua para tenderse a descansar en la arena caliente. Luego, recobradas las fuerzas, volvían a lanzarse al río, repitiendo sus juegos. Después, vueltos a la pequeña playa, trazaron un círculo en la arena y jugaron al circo, haciendo de titiriteros.

Terminaron sacando las canicas y jugaron con ellas a todos los juegos conocidos, hasta que se hastiaron. Entonces Joe y Huck se metieron otra vez en el agua. Tom no se atrevió a seguirlos, porque al arrojar sus pantalones al aire advirtió que había perdido su pulsera de escamas de serpientes de cascabel que llevaba en el tobillo.

No comprendía cómo había podido librarse de un calambre sin aquel precioso amuleto. Buscándolo perdió bastante tiempo; por fin lo encontró. Pero entonces sus dos compañeros, casi agotadas sus fuerzas, salieron nuevamente del río y se tendieron a descansar.

Les invadió una extraña melancolía. Con la mirada buscaban el pueblo más allá del ancho río. Tom se sorprendió escribiendo «Becky» en la arena con el dedo gordo del pie derecho. Inmediatamente borró ese nombre, indignado de su debilidad.

El ánimo de Joe empezó a decaer a medida que la tarde avanzaba. Sentía la nostalgia de su casa y se le hacía insoportable la idea de que ya no podía volver a ella. Huck también estaba apesadumbrado. Tom advertía algo raro en ellos; él tampoco estaba tranquilo, pero luchaba por sobreponerse al desánimo. Guardaba un secreto que aún no deseaba revelar; pero si la desmoralización de sus compañeros no desaparecía, entonces tendría que revelarlo. Amistoso y jovial, les dijo:

—Apostaría a que ya hubo piratas en esta isla. Tenemos que explorarla otra vez, pues seguramente han enterrado tesoros en ella. ¿Qué os parecería si encontrásemos un cofre carcomido, lleno de oro y plata?

Esta salida no despertó entusiasmo. Joe, que removía la arena con un palo, ni siquiera volvió la cabeza para mirarlo. Entonces Tom probó otros medios de seducción; todos fallaron.

Joe dijo:

—Lo mejor será dejar esto y volver a casa. No me gusta permanecer en un lugar tan solitario.

—¡Vamos, Joe! ¿Cómo sales con esas...? —le replicó Tom—. Cuando te acostumbres, te encontrarás estupendamente. ¿Nos ponemos a pescar?

—No me importa la pesca.

—¿Dónde encontrar mejor sitio que este para nadar?

—Estoy harto de nadar. Quiero volver a casa.

—¡Vaya bebé!... ¿Quieres ver a mamá, eh?

—Sí, quiero verla; y si tú la tuvieses, te sucedería lo mismo.

Y Joe no pudo ocultar un puchero.

—Bueno, vuélvete con tu mamá, niño llorón. ¿No te parece, Huck, que si quiere verla hay que permitírselo? Pero tú y yo nos quedaremos, ¿no es eso?

—Sí... —murmuró Huck por puro compromiso.

—No me vuelvo a juntar contigo en la vida —protestó Joe, alejándose todo enfurruñado.

Y empezó a vestirse.

—¡Mejor! —exclamó Tom—. ¡Me importa un bledo tu compañía! Puedes volverte a tu casita. Huck y yo nos quedaremos aquí. No somos unos nenes llorones.

Pero, en su fuero interno, Tom no estaba nada tranquilo con la actitud de Joe. Tampoco le gustaba el silencio de Huck, ni ver cómo este seguía con atención los preparativos de Joe.

—También yo quiero volver allá, Tom —dijo finalmente Huck, bajando la mirada—. Esto se va poniendo muy solitario...

—Bien, marchaos los dos, marchaos todos... Me quedaré aquí solo.

Huck recogió sus pingos dispersos; luego dijo:

—Tom, más valiera que vinieras con nosotros. Piénsalo bien. Te esperaremos en la orilla.

—Tendréis que esperar un rato bien largo.

Huck echó a andar. Tom lo siguió con la mirada. Sentía un deseo irresistible de echar por la borda su amor propio y seguir a sus amigos. Tras una corta lucha con su vanidad, echó a correr tras ellos, gritando:

—¡Esperad! Tengo que deciros una cosa.

Los dos se detuvieron para esperarlo. Cuando llegó junto a ellos, comenzó a explicarles su secreto. Al principio le escucharon de mala gana, pero al ver adónde iba a parar, lanzaron gritos de entusiasmo. Dijeron que era una cosa estupenda, y que si antes hubiera hablado no se les habría ocurrido la idea de irse. Tom se disculpó como pudo, aunque el motivo de su silencio había obedecido al temor de no poderles retener mucho tiempo a su lado, a pesar de la revelación que terminaba de hacerles.

Dando la vuelta, los chicos tornaron a sus juegos, hablando sin cesar del estupendo plan de Tom. Admiraban su inventiva.

Después de una sabrosa comida de huevos y pescado, Tom declaró su intención de aprender a fumar allí mismo. A Joe le sedujo la idea y declaró que también a él le gustaría probar. Huck tuvo que fabricar las pipas y cargarlas de tabaco. Los dos novatos no habían fumado más que cigarros hechos con hojas secas, los cuales, además de quemar la lengua, eran considerados cosa indigna de hombres.

Tendidos y reclinados sobre los codos, empezaron a echar humo con brío. Aquello les sabía mal y les hacía carraspear. No obstante, Tom dijo:

—Es cosa fácil. Si hubiera sabido que no es más que esto, hubiera aprendido mucho antes.

—Sí —agregó Joe—. Esto es una tontería.

—Pues a mí nunca se me ocurrió hacerlo —dijo Tom—. Huck lo sabe.

—Sí, es verdad —contestó el nombrado.

—¿Recuerdas que una vez lo dije junto al matadero, cuando estaban todos los chicos delante.

—Sí, fue el día que perdí la canica blanca.

—Yo podría estar fumando esta pipa todo el día; no me marea, como a veces dicen las mujeres.

—Ni a mí tampoco —aseguró Tom—, pero apuesto a que Jeff Thatcher no sería capaz...

—¿Jeff Thatcher? ¡Ca!... Ese con dos chupadas rodaría por el suelo.

—Es un melindre.

—Lo que yo daría por que los chicos nos estuvieran viendo ahora.

—¡Y yo! —exclamó Joe.

—Lo que debemos hacer es no decir nada, y un día, cuando estemos todos juntos, sacamos las pipas y ¡paf!...

—Se morirán de envidia —dijo Tom.

—¡Lástima que no podamos darles ahora esa sorpresa!

—... ¿Y cuando sepan que aprendimos a fumar mientras estábamos pirateando? ¡Lo que darían por haberlo hecho ellos también!

Esta charla empezó a flaquear y a hacerse desarticulada. Se prolongaban los silencios y aumentaban las expectoraciones como si cada poro de la boca se les hubiera convertido en un surtidor. Frecuentes desbordamientos les bajaban por la garganta, a pesar de sus esfuerzos por expulsarlos, y empezaron a asaltarles náuseas. A Joe la pipa se le escurrió de entre sus flácidos dedos. A Tom le sucedió lo mismo. Estaban pálidos y tenían los ojos extraviados. Joe dijo débilmente:

—Se me ha perdido la navaja. Voy a buscarla.

—Te ayudaré —musitó Tom, cuyos labios temblaban.

Huck los esperó una hora. Un poco asustado por su soledad, salió a buscarlos. Los encontró a larga distancia uno del otro, acostados y palidísimos. Comprendió que, si habían tenido alguna incomodidad, se habían desembarazado de ella.

Aquella noche hablaron poco durante la cena. Tenían un aire desmadejado, y cuando Huck preparó su pipa y se ofreció a hacer lo mismo con la de ellos, le dijeron que no, que no lo hiciese, pues se sentían débiles. Algo habían comido que les había sentado mal...

Alrededor de la medianoche, Joe se despertó y llamó a sus compañeros. Flotaba en el aire una angustiosa pesadez, como el presagio de algo que se estaba fraguando en la oscuridad. Los chicos se apiñaron buscando la amigable compañía del fuego, aunque el calor bochornoso los sofocaba.

Sentados, sin moverse, sobrecogidos de angustia, miraban a su alrededor. Más allá del resplandor del fuego, todo desaparecía en una oscuridad absoluta. De pronto una temblorosa claridad pareció abrir el follaje, pero se extinguió enseguida. Poco después vino otra un poco más intensa, y otra. Luego escucharon como un débil lamento entre el follaje, y los chicos sintieron un tenue soplo sobre sus caras. Se estremecieron, imaginando que el espíritu de la noche había pasado sobre ellos.

De pronto, un gran resplandor convirtió la noche en día, mostrando nítidamente hasta las más diminutas hierbas y también tres rostros lívidos y

asustados. Un trueno formidable fue retumbando por el cielo hasta perderse, con sordas repercusiones, a lo lejos.

Enseguida una bocanada de aire frío agitó el bosque, moviendo el follaje y haciendo volar las cenizas de la fogata. Otro relámpago cegador siguió al primero, y tras él estalló un trueno que pareció desgajar las copas de los árboles sobre las cabezas de los chicos. Aterrados, los tres se abrazaron en la densa oscuridad. La lluvia empezó a golpear las hojas con gruesos goterones.

—¡Chicos, a escape! ¡A la tienda!

Tropezando en las raíces y enredándose en las lianas, cada uno echó a correr por su lado. Un furioso vendaval se había desatado, haciendo crujir cuanto encontraba a su paso. Sin pausa se sucedían los relámpagos y los truenos ensordecedores. La lluvia se hizo torrencial.

Los muchachos se llamaron a gritos, pero los bramidos del viento y el retumbar de los truenos les impedía oírse. Al fin se juntaron, y ateridos y empapados hasta los huesos buscaron cobijo en la tienda. Se sintieron más tranquilos al encontrarse reunidos. No podían hablarse; la tempestad arreciaba por momentos, y la lona de la maltrecha vela, rotas sus ataduras, salió volando en la turbonada. Entonces los tres se cogieron de la mano, huyendo despavoridos a guarecerse bajo un corpulento roble, en la orilla del río.

Bajo la incesante sucesión de relámpagos, todo se destacaba nítidamente: los doblegados árboles, el río erizado de blanca espuma, que el viento arrebataba, y las oscuras líneas de la costa frontera. A cada momento, algún árbol gigantesco se desplomaba con siniestro chasquido sobre otros más jóvenes, y el fragor incesante de los truenos desgarraba el oído y producía espanto.

La tempestad hizo un esfuerzo supremo, como para despedazar la isla y sumergirla en la corriente, aniquilando todo lo que vivía sobre ella. La noche era demasiado tremenda para pasarla a la intemperie, como les estaba sucediendo a aquellos pobres chiquillos sin hogar.

Finalmente, la furia llegó a su fin, el fragor se fue alejando, hasta que la paz recuperó sus fueros. Los muchachos regresaron al campamento, todavía trémulos de miedo; pero vieron que aún tenían motivos de agradecimiento, pues el gran sicomoro, resguardo de sus yacijas, estaba convertido en una ruina, astillado por los rayos. De haberse quedado en aquel lugar, habrían muerto fulminados.

Todo en el campamento estaba empapado, incluso la hoguera, pues no habían tomado ninguna precaución para resguardarla. Se lamentaron de su mala suerte, pero les volvió la esperanza al cuerpo al descubrir que un poco de fuego ardía aún entre las raíces del gran árbol. Con paciente trabajo, arrimando briznas y cortezas de otros árboles próximos resguardados del chaparrón, consiguieron reanimarlo.

Sacaron el jamón cocido y se dieron un festín, secándose al calor de las llamas, comentando con entusiasmo el buen fin de aquella aventura nocturna, afrontada con temple de verdaderos piratas.

Al despuntar el sol, los atacó una invencible necesidad de dormir; se encaminaron a la ensenada para tumbarse sobre la arena. El sol les acarició la piel, con lo que se pusieron muy contentos, y después comenzaron a preparar el desayuno. Terminado este, notaron un gran cansancio, y la nostalgia de sus casas les afectó el ánimo. Tom, al advertir estos síntomas, se puso a reanimar a sus compañeros lo mejor que pudo. Pero no sentían deseos de canicas, de nadar ni de jugar al circo. Volvió a hablarles del importante secreto, con lo que consiguió infundirles una débil alegría. Antes de que esta se desvaneciese, consiguió interesarlos en una nueva aventura. Consistía en dejar por un rato de ser piratas para convertirse en indios. La idea los sedujo; así es que se quitaron las ropas en un santiamén y se embadurnaron con lodo, a franjas, como las cebras. Los tres se atribuyeron la categoría de jefes y, así envalentonados, corrieron a través del bosque para atacar una colonia inglesa.

Luego se dividieron en tres tribus enemigas, entreteniéndose en dispararse flechas unos a otros, entre espeluznantes gritos de guerra. Morían a miles y se arrancaban las cabelleras. Fue una jornada sangrienta y, por lo tanto, satisfactoria.

A la hora de cenar volvieron a reunirse en el campamento, cansados y felices. Pero surgió una dificultad. Indios enemigos no podían comer juntos sin antes hacer las paces. Esto era imposible de conseguir si antes no fumaban la pipa de la paz. Dos de aquellos salvajes se arrepentían de haber hecho las paces. Pero no había ya remedio: con toda la jovialidad que pudieron disimular, pidieron la pipa y dieron su chupada, pasándosela de una a otra boca, conforme al rito.

Quedaron muy contentos de haberse dedicado al salvajismo, pues algún provecho habían obtenido con ello. Vieron que ya podían fumar un poco sin tener que salir corriendo en busca de navajas perdidas, y que no llegaban a marearse del todo.

Después de la cena hicieron otro ensayo con las pipas, y el resultado fue lisonjero. Se sentían más orgullosos de su nueva habilidad que de tener que pelar los cráneos de la indiada enemiga. Así que dejémoslos por ahora charlar y fanfarronear, creyéndose hombres hechos y derechos, y pasemos a otra cosa, ya que, por el momento, no nos hacen falta.

CAPÍTULO XVII

Por contraste, en el pueblo no había risas ni regocijos aquella tranquila tarde del sábado. Las familias de los Harper y de tía Polly se estaban vistiendo de luto entre lágrimas y congojas. Aunque las gentes atendían a sus obligaciones con aire distraído, hablaban poco y suspiraban mucho. A los chiquillos aquel asueto del sábado les parecía una pesadumbre; no ponían el menor entusiasmo en sus juegos y, poco a poco, fueron desistiendo de ellos.

Por la tarde, Becky, muy melancólica, se encontró vagando por el patio de la escuela. No había nadie allí.

—¡Ah! —pensaba—. ¡Quién tuviera al menos el boliche de latón! Pero no me queda un solo recuerdo...

Y reprimió un sollozo.

—Fue precisamente aquí —continuó pensando—. Si volviera a ocurrir, no le diría aquella tontería. Pero ya se ha ido; no lo veré nunca más...

Se alejó sin rumbo, con las lágrimas rodándole por las mejillas. Después se acercó a un grupo de chicos y chicas —amigos de Tom y Joe— y, hablando de modo reverente, recordaban cómo Tom había hecho esto y aquello la última vez que fue visto y cómo Joe dijo tales y cuales cosas, llenas de funestos presagios, como ahora se veía. Y cada uno señalaba el sitio preciso donde había visto, por última vez, a los ausentes.

Cuando quedó claro quiénes los vieron por última vez, los que resultaron favorecidos con tan extraño privilegio adoptaron un aire de solemnidad, siendo contemplados con admiración, no exenta de envidia, por el resto de los mortales. Un pobre chico, que no tenía otra cosa de que envanecerse, dijo con evidente orgullo:

—Pues Tom Sawyer me zurró cierto día.

Pero tal puja por la gloria no alcanzó alta estima, ya que eran muchos en el pueblo los que podían presumir de lo mismo.

Cuando a la mañana siguiente terminó la escuela dominical, la campana comenzó a doblar, en vez de voltear, como era costumbre. Aquel fúnebre tañido parecía hermanarse con el recogimiento de la naturaleza en la mañana dominical. La gente del pueblo empezó a reunirse en el vestíbulo, parándose a cuchichear acerca del triste acontecimiento. La iglesia estaba silenciosa. Solo se oía el roce de los vestidos mientras las mujeres se acomodaban en los asientos. Jamás tuvo el templo tan completa concurrencia de fieles.

Hubo una pausa expectante, una espera callada; finalmente, entró tía Polly con Sid y Mary a la zaga. Luego la familia Harper, todos vestidos de luto. Los fieles, incluso el viejo pastor, se pusieron de pie, y así permanecieron hasta que los enlutados tomaron asiento en el banco frontero. Siguió a esto otro silencio emocionante, quebrado por algún suspiro. Luego, el pastor extendió las manos y oró. Un himno conmovedor fue entonado, y el oficiante anunció el texto de su sermón: «Yo soy la resurrección y la vida».

Durante la plática, el pastor alabó de tal manera las grandes cualidades que adornaban a los desaparecidos, que cuantos lo oían sintieron agudos remordimientos al recordar que hasta entonces habían tenido de las víctimas otro concepto, reconociendo tan solo faltas y defectos en los pobres muchachos. El pastor se extendió en enternecedores rasgos demostrativos de la ternura y generosidad de sus corazones. Solo ahora se percataba la gente de cuánto de noble y elevado encierran las almas de unos simples pilletes que creían merecedores, en vida, de pescozones y estacazos.

A medida que el relato del pastor seguía su curso, la concurrencia se fue enterneciendo más y más, hasta que, no pudiendo contener su emoción, todos acabaron en un común lloro, uniéndose así al dolor de los deudos y a las lágrimas del predicador, que regaban el púlpito.

Al principio nadie oyó ciertos rumores que se producían en la galería. Poco después crujió la puerta de la iglesia y el pastor levantó sus ojos lacrimosos por encima del pañuelo...

Se quedó petrificado.

Primero un par de ojos, después otros y otros siguieron a los del pastor. En el acto, como movidos por un solo impulso, todos los concurrentes se pusieron de pie y se quedaron mirando atónitos a los tres muchachos difuntos, que avanzaban en fila india por el pasillo central. Tom iba delante, Joe le seguía y Huck, un montón de harapos, cerraba la marcha, huraño y azorado.

Escondidos en la galería, habían escuchado la fúnebre ceremonia.

Tía Polly, Mary y los Harper se precipitaron sobre sus respectivos resucitados, sofocándolos a besos y prodigándoles bendiciones, mientras el infeliz Huck permanecía abochornado y como sobre ascuas, no sabiendo qué hacer o dónde ocultarse de tantas miradas hostiles que le caían encima. Cuando se disponía a dar la vuelta para escabullirse, Tom le sujetó de un brazo.

—Tía Polly, también alguien tiene que alegrarse de ver a Huck.

—¡Claro que sí! Yo me alegro de verlo, pobrecito desamparado sin madre.

Los agasajos y mimos que tía Polly le prodigó fueron la única cosa capaz de aumentar su azoramiento y malestar.

Entonces el pastor gritó con todas sus fuerzas:

—¡Alabado sea Dios, por quien todo bien nos es dado! Vamos, hermanos, cantad con toda el alma.

Así se hizo.

El antiguo himno se elevó solemne y triunfal, haciendo temblar las vigas.

Tom Sawyer, el pirata, miró a su alrededor, descubriendo las envidiosas caras juveniles que deseaban su suerte, y se confesó que era aquel el momento de mayor orgullo de su vida.

Cuando la concurrencia fue saliendo de la iglesia, muchos decían que no les importaría ser engañados otra vez, con tal de oír el himno cantado con tanta unción.

Tom se cansó de recibir bofetones y besos durante el resto del día, según los tornadísimos humores de tía Polly, la que no sabía en qué medida expresar su agradecimiento al Señor o su indignación por los terribles ratos que el perdulario de Tom le había hecho pasar.

CAPÍTULO XVIII

⁓

En eso consistió el gran secreto de Tom: regresar con sus compañeros en piratería y asistir a sus propios funerales.

Al atardecer del sábado habían remado en el río Misuri, a horcajadas sobre un tronco, tomando tierra a unas cinco millas más abajo del pueblo. Luego de dormir en el bosque, casi a la vista de las casas, a la hora del alba se habían deslizado por entre las desiertas callejas, pasando el tiempo que les quedaba de sueño en la galería de la iglesia, entre bancos rotos y otros cachivaches.

El lunes por la mañana, durante el desayuno, tía Polly y Mary se deshicieron en amabilidades con Tom, rivalizando en agasajarlo y servirlo. Se habló mucho, y durante la charla dijo la tía:

—Por cierto que no puede negarse que el bromazo ha sido de categoría. Tom, habéis tenido sufriendo a todo el pueblo, mientras vosotros lo pasabais estupendamente. ¿Cómo has tenido tan mal corazón para hacerme penar de ese modo? Si has podido venir sobre un tronco para ver tu funeral, también podías haberte arreglado para hacerme saber que no estabas muerto, sino simplemente haciendo una de tus diabluras.

—Sí, Tom, debías habernos avisado —dijo Mary—. Creo que si hubieras pensado en ello, nos habrías ahorrado tantos sufrimientos.

—¡Oh, Tom!... ¿Lo habrías hecho si hubieras pensado en nosotros?

—Pues no lo sé... Hubiera sido echarlo todo a perder.

—¡Dios mío! Creí que me querías siquiera para eso —exclamó la tía con dolorido acento.

Tom estaba mohíno como un culpable.

—Después de todo —alegó Mary—, no hay mal en ello. Tom es un atolondrado; no ve más que aquello que tiene delante de la nariz.

—Peor que peor —rezongó tía Polly—. En su lugar, Sid hubiera pensado en nosotras. Algún día te acordarás, Tom, y ¡ojalá no sea demasiado tarde! Vas a sentir no haberme querido un poco más cuando estabas a tiempo de ello.

—Vamos, tía; ya sabe que la quiero —dijo Tom.

—Mejor lo sabría si te portases de otro modo.

—Sí, fue una lástima no hacer las cosas como usted dice, tía, pero de verdad que no he dejado de quererla.

—No es bastante; más hubiera hecho el gato...

—Pues la noche del miércoles soñé que estaba usted sentada ahí, junto a la cama, y Sid junto a la leñera, y Mary muy cerca de él.

—¡Oh! Es verdad que fue así. ¡Vaya! Me alegro de que en sueños te ocupes de nosotros.

—También soñé que la madre de Joe Harper estaba aquí.

—¡Pues sí que estaba! ¿Qué otras cosas viste en sueños?

—¡La mar! Pero casi no me acuerdo...

—Pues trata de acordarte...

—Bueno, sí; el viento soplaba. ¡Ah, la vela!

—¿Qué pasa con la vela?

—Que se apagó.

—¡Dios sea loado! Sigue, Tom, sigue...

—Recuerdo que usted, tía, dijo: «Me parece que esa puerta...».

—¡Caramba! Algo de eso debí decir...

—Sí, dijo que la puerta estaba abierta.

—Me acuerdo muy bien —declaró tía Polly, transfigurada—. Como que estoy aquí sentada, que pronuncié esas palabras. ¿Qué otras cosas recuerdas, muchacho?

—Me parece que le dije a Sid que fuese...

—Anda, sigue.

—Usted le mandó que cerrase la puerta.

—¡Loado sea Dios! En todos los días de mi vida esperaba oír cosa igual. Que digan después que los sueños no significan nada. He de contarle todo esto a Sereny Harper. Veremos qué dice de esto con todas sus ideas sobre las supersticiones. Tom, hijo, sigue recordando...

—Voy viendo las cosas tan claras como la luz. Usted dijo que yo no era malo; solo un poco travieso y alocado, y que solo se me podía culpar como a un potro...

—¡Justamente! Recuerdo bien que se habló de eso. ¿Qué más, Tom, por Dios Todopoderoso?

—Usted empezó a llorar.

—Así fue, así fue. Y te aseguro que no era la primera vez que lo hacía. ¿Y después?

—También lloró la madre de Joe, y dijo que su hijo era lo mismo que yo. Y se arrepintió de haberle zurrado por comerse la crema...

—Tom, el Espíritu Divino había descendido sobre ti. ¡Dios me valga! Eres como un profeta.

—Entonces, Sid dijo...

—Yo creo que no abrí la boca —declaró Sid.

—Algo dijiste, Sid —intervino Mary.

—Vamos, cerrad el pico y dejad hablar a Tom. ¿Qué fue lo que dijo Sid?

—Que esperaba que lo pasase mejor donde me encontraba, pero que si hubiese sido mejor...

—¿Lo oís? Esas fueron sus propias palabras.

—Y usted lo obligó a callarse.

—Es verdad. Debía haber un ángel en la casa que lo escuchaba todo.

—La señora Harper contó también que Joe la había asustado con un petardo. Y usted contó lo de Perico y el matadolores.

—Cierto, cierto.

—También se habló de rastrear el río para buscarnos y de que los funerales se harían el domingo. Luego, usted y la madre de Joe se abrazaron; ella se fue llorando...

—Fue efectivamente así como pasaron las cosas, Tom. ¿Tienes algo más que decir?

—Usted rezó por mí. Después se metió en la cama. Yo cogí un pedazo de corteza y escribí: «No estamos muertos; no estamos más que haciendo de piratas», y lo puse en la mesa, al lado del candelero. Me parecía tan buena allí dormida, que me acerqué y le di un beso.

—¿Es posible, Tom?

Y estrechó al chico entre sus brazos.

Tom sentía remordimientos por engañar a la tía de aquel modo.

—Fue una buena acción la tuya, chico —dijo Sid—, aunque solo la hiciste en sueños.

—¡Calla, Sid! Uno hace en sueños justamente lo que haría estando despierto. Tom, he guardado esta estupenda manzana para dártela si Dios permitía que volviese a verte. Y ahora vete a la escuela. Doy gracias al Señor porque me has sido devuelto. No debo haberme portado tan mal para que Él me concediese su infinita misericordia. Y ahora, chicos, coged vuestras cosas y andando a la escuela. Vamos, quitaos de en medio; ya estoy mareada de vosotros.

Los chicos salieron y la anciana salió a visitar a la señora Harper para aniquilar su escéptico positivismo con las revelaciones del sueño de Tom. Sid fue lo bastante listo como para no soltar prenda sobre toda aquella fábula.

No podía negarse que Tom había quedado convertido en un héroe. Ya no caminaba dando saltos y corvetas. Su andar era majestuoso y digno, como convenía a un pirata que sentía las miradas del público fijas en él. Y la verdad es que lo estaban. Él trataba de fingir que no lo advertía ni oía comentarios a su paso. Le seguían un enjambre de chicos más pequeños, henchidos de orgullo por ser vistos en su compañía, como si Tom hubiese sido el abanderado de un desfile o un elefante entrando en el pueblo a la cabeza de una colección de fieras.

Los de su edad fingían no haberse enterado de su ausencia, pero se consumían de envidia. Hubieran dado cualquier cosa por poseer aquella piel curtida y tostada por el sol y aquella deslumbrante notoriedad. Tom no hubiera cambiado su posición ni siquiera por un circo.

En la escuela, Tom y Joe fueron asediados de tal manera y eran contemplados con tanta admiración que los dos héroes no tardaron en volverse insoportables. Relataron sus aventuras a los insaciables oyentes; pero no hicieron más que empezar, pues no era cosa a la que fácilmente se podía poner término con imaginaciones tan ardientes como las suyas. Por último, cuando sacaron las pipas y se pasearon majestuosamente echando humo, su gloria alcanzó alturas inaccesibles.

Tom se dijo que ya no necesitaba de Becky Thatcher. Ahora que había llegado a degustar las mieles de la celebridad, sería ella la que quisiera hacer las paces. Pero dependía de su voluntad mostrarse indiferente y despectivo. En aquel preciso momento, la chica hizo su aparición. Tom fingió no verla, uniéndose a un grupo de chicos y chicas con los que se puso a charlar. Vio que ella saltaba y corría de un lado al otro, brillantes los ojos y encendida su faz, entretenida en perseguir a unas compañeras y riéndose nerviosamente cuando atrapaba a alguna. Tom notó que todas las capturas las hacía cerca de él y que con el rabillo del ojo miraba en su dirección.

Aquello halagaba la maligna vanidad del muchacho, y la infeliz, en vez de conquistarlo, solo consiguió volverlo más esquivo.

Al poco rato, Becky, tal vez convencida de la inutilidad de sus esfuerzos, se llamó a la calma y erró por el patio, lanzando a Tom ansiosas miradas. Observó que este hablaba más con Amy Lawrence que con ninguna otra; sintió celos; se puso azorada y nerviosa. Trató de alejarse, pero los pies no la obedecían. A su pesar, la llevaron hacia el grupo. Con fingida animación, dijo a una chica que estaba muy cerca de Tom:

—Hola, Mary. ¿Por qué no fuiste a la escuela dominical?

—Fui. ¿No me has visto?

—No. ¿Dónde estabas?

—¿De veras? Quería hablarte de la merienda campestre.

—¿Quién la va a dar?

—Mamá dejará que sea yo.

—¡Estupendo! ¿Me invitarás?

—La merienda es en mi honor. Mamá permitirá que vayan los que yo quiera. Tú no debes faltar.

—¿Cuándo va a ser?

—Para las vacaciones.

—¡Cómo nos vamos a divertir! ¿Irán todos los chicos y chicas?

—Todos los que son mis amigos, o quieren serlo.

Y tras echar a Tom una rápida mirada, prosiguió:

—No quiero ver a los presuntuosos.

Tom explicaba las peripecias de la tormenta en la isla y cómo un rayo partió el gran sicomoro, mientras él se encontraba a un paso del árbol.

—¿Iré yo, Becky? —preguntó Gracie Miller.

—Sí.

—¿Y yo? —dijo Sally Rogers.

—Sí.

—¿Y yo? —preguntó Amy Harper—. ¿Y Joe?

—Naturalmente.

Y así siguieron preguntando los del grupo a medida que se enteraban de lo que se cocía. Tom fingió no enterarse. Dio orgulloso la vuelta con Amy, sin dejar de charlar amistosamente con ella.

A Becky le temblaron los labios. Las lágrimas le humedecieron los ojos, pero disimuló su despecho con forzada alegría y siguió charlando. Mas ya la proyectada merienda había perdido su interés. En cuanto pudo, se alejó a un lugar apartado para llorar a gusto. Luego entró en la escuela y se sentó preocupada, sombría, hasta que tocó la campana. Entonces se irguió llena de cólera, con un fulgor vengativo en los ojos dio una sacudida a sus trenzas y se dijo que ya sabía lo que iba a hacer.

Tom siguió coqueteando con Amy durante todo el recreo. No cesaba de ir de un lado a otro para encontrarse con Becky y hacerle sufrir a su gusto. Por fin, consiguió tenerla a su alcance, pero el termómetro de su alegría bajó a cero. Estaba sentada en un banquito detrás de la escuela, hojeando un libro de estampas, acompañada de Alfredo Temple. Tan absorta se encontraba la pareja y tan próximas ambas cabezas, que no parecían darse cuenta de que existía el resto del mundo. Los celos corrieron por las venas de Tom como fuego líquido. Abominó de sí mismo por haber dejado escapar la ocasión que Becky le había brindado para reconciliarse. Se llamó idiota. Sentía deseos de llorar de rabia.

Mientras paseaban, Amy seguía charlando alegremente, pues estaba loca de contenta teniendo al héroe a su lado, pero Tom parecía tener la lengua paralizada. No oía lo que Amy le decía, y cuando ella se callaba, esperando que le respondiese, solo atinaba a balbucear alguna palabra de asentimiento.

Procuró pasar por detrás de la escuela para saciar sus ojos con el odioso espectáculo. Le volvía loco la idea de que Becky, ni por un momento, había notado su presencia. Pero ella veía, sin embargo, y tenía la certeza de que en aquel combate silencioso era la que vencía haciéndole sufrir.

Momento llegó en que el cotorreo de Amy se hizo inaguantable para Tom. Entonces insinuó que tenía muchas cosas que hacer y que el tiempo pasaba volando... Pero la chica no cerraba el pico. Tom se decía:

—¿Cómo haré para librarme de ella?

Al fin, las cosas que tenía que hacer no pudieron aguardar más. Ella dijo, distraídamente, que iría «por allí» al acabar las clases. Entonces Tom se fue corriendo, abrigando contra Amy un gran rencor.

—Me conformaría con cualquier otro, menos con ese presuntuoso de San Luis que presume de elegante para requebrarla. Volveré a zurrarte como el primer día que pusiste los pies en el pueblo. ¡Ya volveré a agarrarte!

Tras mascullar estas palabras, realizó todos los actos requeridos para dar una paliza a un rival imaginario, soltando puñetazos al aire, sin olvidar los puntapiés y una tentativa de estrangulamiento.

—¿Ya tienes bastante, eh? ¡Con esto aprenderás para otra vez, so gomoso!

De esta manera, el ilusorio vapuleo llegó a darle cierta tranquilidad y satisfacción.

A mediodía voló a su casa. La conciencia de Tom no podía soportar por más tiempo el gozo y la gratitud de Amy, y sus celos tampoco podían aguantar más la vista del otro dolor.

Becky había continuado con la contemplación de las estampas; pero como los minutos pasaban y Tom no volvía a aparecer, para someterlo a nuevos tormentos, su triunfo empezó a debilitarse y ella a sentir síntomas de aburrimiento. Se puso seria, después taciturna. Esperaba el regreso de Tom, pero este no se dejaba ver. Al fin, desconsolada y arrepentida de haber llevado las cosas tan lejos, volvió la espalda al pobre Alfredo, que exclamaba para retenerla:

—¡Aquí hay otra muy bonita! ¡Mira esta!

Pero Becky no estaba ya para admirar láminas. Perdida la paciencia, se puso de pie, exclamando:

—¡No me gustan! ¡Deja de fastidiarme!

Y rompiendo a llorar, se alejó corriendo.

Alfredo la alcanzó y se puso a andar a su lado.

—¡Vete! —chilló Becky—. ¡No te puedo ver!

El chico se quedó de una pieza, preguntándose qué podía haber hecho de malo, pues Becky le había dicho que pasarían el recreo viendo las estampas. Meditabundo, entró en la escuela desierta. Se sentía furioso y humillado. Acabó por intuir la verdad. Becky lo había utilizado para desahogar su despecho contra su rival. Odió a Tom; buscó el modo de vengarse sin mucho riesgo para su persona. En aquel instante, sus ojos tropezaron con la gramática de su rival. Abrió el libro en la página donde estaba señalada la lección para aquella tarde y la embadurnó de tinta. En aquel momento Becky metía la cabeza por una ventana y presenció la maniobra. La chica regresó a su casa con la idea de buscar a Tom y contarle lo ocurrido. Estaba segura de que él se lo agradecería, y sus buenas relaciones podrían reanudarse. Sin embargo, antes de llegar a medio camino, Becky había cambiado de parecer. Recordó el comportamiento de Tom al hablar ella de la merienda, y enrojeció de vergüenza. Entonces resolvió dejar que lo azotasen por el estropicio de la gramática. Se juró que lo aborrecería por toda la eternidad.

CAPÍTULO XIX

Cuando Tom llegó a su casa estaba con un humor de perros. Las primeras palabras de su tía le hicieron comprender que había llevado sus penas a un mercado ya abastecido, donde tendrían pocos interesados.

—Tom, me están dando ganas de quitarte el pellejo a tiras.

—¿Qué he hecho, tía?

—¡Barrabasadas de las tuyas!

Y tras esta indignada exclamación, tía Polly se explicó:

—Como soy una vieja boba, me fui a ver a Sereny Harper, figurándome que le iba a hacer creer todos esos embustes de tus sueños, cuando me lanza a la cara la noticia de que tú ya habías estado aquí y habías escuchado todo lo que hablamos aquella noche. ¡Ay, Tom! No sé en lo que puede venir a parar un chico capaz de tamaña comedia. Me pongo mala al pensar que has dejado que fuese a ver a Sereny para hacer el ridículo. ¿No pensaste que tu amigo Joe podía contárselo todo?

Tom agachó la cabeza. Lo que por la mañana le pareció una agudeza, ahora se le aparecía como una villanía.

—¡Oh, tía! —exclamó por fin—. Quisiera no haber mentido, pero no pensé...

—¡Demonio de muchacho! No usas la cabeza para nada bueno, ni te importa llenarme de vergüenza y de disgustos.

—Te juro, tía, que lo hice sin mala intención. Palabra, no quise burlarme aquella noche.

—¿A qué viniste entonces?

—Solo quería decirle que no sufriese por nosotros; que no nos habíamos ahogado.

—Tom, ¡qué contenta me sentiría si te creyera capaz de un pensamiento tan generoso! Pero bien sabes tú que no lo has tenido. Eres la piel del diablo.

—¡Que me muera aquí mismo, tía, si tuve la mala intención que usted cree!

—No mientas, Tom. Con eso no haces más que poner fea la cosa.

—Es la pura verdad, tía. Deseaba que no estuviera usted pasando malos ratos por nuestra culpa.

—Quisiera poder creerte; eso disculparía tu pecado. Pero ¿por qué no hablaste cuando los que estábamos aquí lamentábamos nuestra desgracia?

—Tía, cuando empezaron a hablar de los funerales, me vino la idea de salir a escondernos en la iglesia; así que me metí la corteza en el bolsillo y no pudo decir ni media palabra.

—¿De qué corteza hablas?

—De una en que había escrito que nos habíamos hecho piratas. ¡Si al menos se hubiera usted despertado cuando la besé antes de irme!...

La tía dulcificó su severo ceño al oír estas palabras de Tom.

—¿Dices que me besaste?

—Sí, sí.

—¿Por qué lo hiciste?

—Sentí que la quería mucho, mucho, tía.

—¡Si fuera eso verdad!

—Lo es.

—Pues bésame otra vez, Tom, y vete corriendo a la escuela. Está visto que siempre has de salirte con la tuya engañándome, bandido...

En cuanto se fue, tía Polly corrió al armario y sacó la andrajosa chaqueta con la que Tom se había lanzado a la piratería. Pero no se atrevió a registrarle los bolsillos.

Con aquella prenda en las manos, se dijo:

—No puedo... Me consta que ha mentido, pero fue la suya una mentira piadosa. El Señor se lo perdonará todo; es un alma ingenua.

Volvió a guardar la chaqueta en el armario, permaneciendo indecisa junto a él. Otra vez la tentación de volver a sacarla; pero finalmente cerró la puerta del mueble y pasó a otra habitación, murmurando:

—Después de todo, cosas de chiquillos... En el fondo me quiere.

CAPÍTULO XX

C uando tía Polly besó a Tom, este sintió que los remordimientos huían de su espíritu y de su corazón dejándolos limpios y alegres. Con paso ligero marchó a la escuela, y tuvo la suerte de encontrarse a Becky. Sin vacilar corrió hacia ella y le dijo:

—Me porté muy mal, Becky, lo siento mucho. Nunca, nunca lo volveré a hacer. ¿Vamos a olvidar eso?

La niña se detuvo y lo miró con desdén.

—Le agradeceré que se quite de mi presencia, Thomas Sawyer. No quiero hablarle en mi vida.

Echando atrás la cabeza, siguió su camino.

Tan estupefacto se quedó Tom, que no se le ocurrió decirle la menor cosa.

Temblando de rabia, entró en el patio de la escuela. Pensaba que si Becky fuese un muchacho lo dejaría medio muerto de una tunda. Al poco rato, casualmente, volvieron a encontrarse frente a frente, y entonces le soltó una indirecta mortificante. Ella le contestó acremente con otra.

El espacio que los separaba se convirtió en un abismo. En el acaloramiento de su rencor, le parecía a Becky que no llegaría nunca el momento de empezar la clase. Si algún deseo le quedaba en el ánimo de acusar a Alfredo Temple, la injuria de Tom lo desvaneció por completo.

Pero la pobrecilla no podía prever que muy pronto se iba a encontrar en apuros. Míster Dobbins, el maestro, había llegado a la edad madura con una ambición sin satisfacer. El anhelo de su vida había sido llegar a hacerse doctor, pero la falta de recursos lo había condenado a no pasar de maestro de escuela de pueblo. Diariamente sacaba de su pupitre un libro misterioso y, cuando las tareas de la clase se lo permitían, se concentraba en su lectura. Luego guardaba aquel libro bajo llave. No había en la escuela un solo alumno que no pereciese de ganas de echarle una ojeada, mas nunca se les presentó la ocasión. Chicos y chicas se hacían muchas cábalas sobre aquel libro, pero el misterio permanecía sin desvelar.

Aquel día, al pasar Becky junto al pupitre, descubrió que la llave estaba puesta en la cerradura. Echó una rápida mirada en torno suyo. Estaba sola. En un periquete, el misterioso libro pasó a sus manos. El título nada le dijo: *Anatomía.* Lo abrió, encontrándose con un bello frontispicio en colores, adornado por una figura humana. En aquel momento, una sombra se proyectó sobre la página. Era la de Tom, que había entrado sin ser oído.

Becky quiso cerrar el libro, pero con tan mala suerte que la página se desgarró hasta su mitad. Rápidamente colocó el volumen en el cajón y dio vuelta a la llave, rompiendo a llorar de vergüenza y enojo.

—Thomas, eres un indecente por venir a espiarme.

—¿Cómo podía yo saber que estabas mirando *eso?*...

—¡Debía darte vergüenza! Ahora irás diciendo a todo el mundo lo que has visto. ¡Dios mío! ¡Me castigarán!

Dio una patada en el suelo, y lo miró desafiante.

—¡Bueno, haz lo que quieras!... ¡Te odio!

Y salió llorando.

Tom se quedó inmóvil.

—¡Qué tontas y raras son las mujeres! —exclamó—. Después de todo, ¿qué más da una tunda más o menos? Pero ellas fanfarronean de que nunca las han castigado. Lo que es esta vez, nadie la librará de recibir su merecido.

Fue a reunirse con sus compañeros.

Poco más tarde llegó el maestro y empezó la clase. Tom no ponía gran atención en el estudio. Cada vez que sus ojos se dirigían hacia el lado donde estaban las chicas, la cara de Becky le producía una extraña turbación. No quería compadecerse de ella, y sin embargo no podía remediarlo. Esperaba los acontecimientos con una falsa alegría. Fue en aquel momento cuando descubrió el estropicio ocurrido en la gramática. Durante un rato sus pensamientos quedaron atrapados por aquel suceso, esperando con impaciencia lo que pudiera pasarle a Becky. Esta volvió rápidamente la vista hacia Tom, pero no quedó muy convencida de que él tomara la cosa con interés. Tuvo deseos de acusar a Alfredo, pero se contuvo y se dijo:

—Tom me ha de acusar de haber roto la estampa. No diré una palabra ni para salvarle la vida.

De todas maneras, Tom no se libró de una azotaina. Volvió a su asiento sin gran preocupación, pensando que no era de extrañar que él mismo, sin darse cuenta, hubiera vertido la tinta al hacer alguna cabriola. Claro que lo había negado por una pura fórmula, mirando a Becky con el rabillo del ojo y diciéndose:

—Ya te tocará a ti.

Transcurrió cerca de una hora. El maestro cabeceaba en su trono. Luego, míster Dobbins se irguió en su asiento, lanzó un bostezo, y abriendo el pupitre alargó la mano hacia el libro.

Parecía indeciso entre agarrarlo y dejarlo. La mayor parte de los discípulos lo miraron con indiferencia, excepto dos, que seguían sus movimientos sin pestañear. Míster Dobbins se quedó un rato palpando el libro, distraído. Por fin lo puso sobre el pupitre y se acomodó dispuesto a leer.

Tom puso sus ojos en Becky.

Una vez había visto un conejo acorralado frente al cañón de una escopeta. Becky tenía el aspecto de aquel pobre animal. Inmediatamente olvidó su rencor. ¡Pronto! Había que hacer algo para salvarla. Pero la misma inminencia del peligro paralizaba su imaginación.

¡Una idea!

Se lanzaría de un salto sobre el maestro, cogería el libro y huiría por la puerta como un rayo.

Pero titubeó... ¡Demasiado tarde! El maestro había abierto el libro. Becky estaba sentenciada.

El maestro se erguía amenazador. Todos los ojos se bajaron ante su mirada. Algo había en ella que sobrecogía hasta al más inocente.

Se produjo un momentáneo silencio. El maestro estaba acumulando su cólera. Luego habló:

—¿Quién ha rasgado este libro?

El silencio en la clase era tan profundo, que se hubiera oído el vuelo de una mosca. El maestro examinaba cara por cara a sus alumnos, buscando indicios de culpabilidad.

—Benjamín Rogers, ¿has rasgado tú este libro?

Una negativa, seguida de una pausa.

—¿Has sido tú, Joe Harper?

—No, señor.

La nerviosidad de Tom se iba haciendo más y más violenta bajo la tortura de aquel examen. El maestro recorrió con la mirada las filas de los chicos. Tras un instante de meditación, se volvió hacia las niñas.

—¿Amy Lawrence?

Un sacudimiento negativo de cabeza.

—¿Gracie Miller?

El mismo gesto.

—Susana Harper, ¿has sido tú?

Otra negativa.

La niña inmediata era Becky. Tom temblaba de pies a cabeza.

—Rebeca Thatcher, ¿has sido tú? Mírame a la cara. ¿Has rasgado tú la página de mi libro?

Una idea relampagueó en el cerebro de Tom. Levantándose impetuosamente, gritó:

—¡He sido yo!

La clase se le quedó mirando atónita. Tom permaneció un instante inmóvil, recuperando el uso de sus desvanecidas facultades. Y cuando se adelantó a recibir el castigo, la sorpresa, la gratitud, la adoración que leyó en los ojos de Becky, le parecieron paga bastante para cien palizas.

Enardecido por la gloria de su acto, sufrió sin una queja el despiadado vapuleo que míster Dobbins jamás había administrado, y también recibió con indiferencia la despiadada noticia de que tendría que permanecer allí dos horas de plantón, como sobrecarga del castigo.

Cuando aquella noche se metió en la cama, Tom maduraba planes de venganza contra Alfredo Temple, pues Becky, avergonzada y contrita, le había contado todo, sin omitir su propia traición. Pero su sed de venganza tuvo que dejar paso a pensamientos más agradables. Y se durmió al fin, con las últimas palabras de Becky sonándole confusamente en los oídos, cual lejano himno de gloria.

—¿Cómo podrás ser tan noble, Tom? —le había dicho.

CAPÍTULO XXI

S e acercaban las vacaciones. Siempre severo, el maestro se volvió más irascible que nunca. En el fondo tenía gran empeño en que la clase saliera airosa el día de los exámenes. Solo los muchachos ya mozos y las señoritas de dieciocho a veinte años escapaban a los vapuleos.

Míster Dobbins, aunque poseía bajo la peluca un cráneo mondo como una manzana, se mantenía fuerte y vigoroso, no revelando el menor síntoma de debilidad muscular cuando se trataba de castigar a los díscolos. A medida que el gran día se acercaba, todo el despotismo que ese hombre llevaba en la sangre salió a la superficie. Parecía gozar, con maligno placer, en castigar las más pequeñas faltas. Los chicos más pequeños pasaban los días aterrorizados, y solo por las noches se atrevían a idear venganzas. Pero el maestro les sacaba ventaja. Sus reacciones ante el menor atisbo de desafío de los muchachos eran siempre tan arrolladoras que los alumnos se retiraban de la palestra maltrechos y derrotados. Al fin se unieron para conspirar, adoptando un plan que prometía una victoria segura. Tomaron juramento al hijo del pintor decorador, le confiaron el proyecto y le pidieron su ayuda. Tenía él grandes razones para prestarla con entusiasmo, pues el maestro se hospedaba en su casa y había dado al chico infinitos motivos para ganarse su aborrecimiento.

Por aquel entonces, la mujer del maestro se disponía a pasar unos días con una familia en el campo, y no habría inconvenientes para realizar el plan concebido.

El maestro solía prepararse para las grandes ocasiones, y el hijo del pintor prometió que, cuando el maestro llegase al estado preciso en la tarde de los exámenes, él *arreglaría* el asunto mientras míster Dobbins dormitaba en la silla; después sería despertado con el tiempo justo para salir corriendo hacia la escuela.

Al fin se presentó la interesante ocasión. A las ocho de la noche la escuela estaba brillantemente iluminada y adornada con guirnaldas de flores y banderines multicolores. El maestro aparecía entronizado en su sillón, sobre una alta plataforma, con el encerado detrás. Parecía satisfecho y condescendiente. Tres filas de bancos a cada lado de él y seis enfrente estaban ocupados por los notables de la población y por los padres de los alumnos. A su izquierda, detrás de los invitados, sobre otra espaciosa plataforma, aparecían sentados los escolares que iban a tomar parte en los ejercicios: filas de párvulos bien lavados y emperifollados hasta un grado de intolerable embarazo; filas de zagalones encogidos y zafios; señoritas simétricamente colocadas, vestidas de blanco linón y muselina, muy preocupadas de sus brazos desnudos y con flores y lazos en la cabeza. El resto del espacio estaba ocupado por los alumnos a quienes no les tocaba examinarse.

Dieron comienzo los ejercicios.

Uno de los chicos más pequeños se levantó y, de manera huraña, se puso a recitar aquello de: «No podían ustedes esperar que un niño de mi corta edad hablase en público...». Se acompañaba con los ademanes que hubiera empleado una máquina mal engrasada. Salió del trance sano y salvo, y se ganó un aplauso general cuando terminó la ensayada perorata.

Le tocó intervenir a una niñita ruborizada, que tartamudeó: «María tuvo un corderito...». Al terminar su recitado, hizo una reverencia que inspiraba compasión, y se sentó satisfecha en medio de un batir de aplausos, entre los que sobresalían, por su fuerza y persistencia, los de sus familiares.

Le tocó el turno a Tom Sawyer. Avanzó con presuntuosa confianza y atacó aquello de «O libertad o muerte». Pero se atascó de súbito; un terrible pánico le había sobrevenido de pronto, dejándolo paralizado y sin resuello. Verdad es que tenía la manifiesta simpatía de casi todo el auditorio, pero también su silencio, que era peor que la simpatía. Un fruncimiento del ceño del maestro colmó el desastre. Aún luchó un rato tratando de recordar; mas ante lo imposible, se retiró derrotado. Se dejó oír un débil aplauso, pero no tuvo eco.

Otras conocidas joyas del género se asomaron a los labios de los elegidos declamadores; luego hubo un concurso de ortografía y otro recital de la reducida clase de latín, que no hizo mejor papel que sus antecesores. El número más importante del programa lo constituían *composiciones originales* leídas por las señoritas. Cada una de estas se adelantó hasta el borde del tablado y, tras aclararse la garganta, leyó su trabajo, tratando de emplear la mejor entonación. Los temas eran los mismos que habían sido expuestos en ocasiones anteriores, antes que por ellas por sus madres y, a no dudarlo, por toda su estirpe desde los tiempos de las Cruzadas. Uno de los temas era «La amistad»; otros, «Recuerdos del pasado», «La religión y la historia», «Amor filial», etc.

La nota predominante en estas composiciones era una honda e innecesaria melancolía; otra, traer arrastradas por las orejas frases de especial aprecio, hasta dejarlas mustias de cansancio, y también un insistente acento de sermón, que las prolongaba hasta producir vértigos. Mientras el mundo gire en el espacio, ninguna escuela de nuestro país podrá evitar que las señoritas alumnas no se crean obligadas a sermonear, graves y solemnes, sus «creaciones» en los aburridos fines de curso. La cosecha de tanto esfuerzo eran siempre los obligados aplausos de la parentela, los bostezos de los demás y las elogiosas exclamaciones de los incondicionales:

—¡Qué elocuente!

—¡Qué verdad dice!

—¡Nunca han recitado tan bien!

Volvamos a los «exámenes». La primera composición que se leyó fue una titulada «¿Así que esto es la vida?». Quizá el lector pueda aguantar un fragmento de ella:

En todos los estados de la vida, ¡con qué placenteras emociones espera la mente joven alguna anticipada escena de regocijo! La imaginación traza ardorosa alegres cuadros de color de rosa. En su fantasía, la voluptuosa esclava de la moda se imagina entre la entusiasmada multitud contemplada por todos los observadores. Su figura graciosa, ataviada con níveas vestiduras, vuela girando por los laberintos del baile gozoso; sus ojos son los más brillantes; su paso, el más ligero de la alegre reunión.

El tiempo se desliza veloz en tan deliciosas fantasías y llega el anhelado momento de penetrar en el olímpico universo de sus hermosos ensueños. ¡Qué semejante a los cuentos de hadas aparece todo ante su visión encantada! Cada nueva escena es más encantadora que la última, pero finalmente se percata de que, bajo esta apariencia agradable, todo es vanidad: la adulación, que antes cautivaba su alma, golpea ahora ásperamente en su oído; el salón de baile ha perdido sus atractivos y, con la salud arruinada y el corazón amargado, se aleja convencida de que los placeres de este mundo no bastan para satisfacer los anhelos del alma.

Y así sucesivamente. De vez en cuando, durante la lectura se oía un murmullo de aprobación, acompañado por exclamaciones en voz baja de «¡qué encanto!», «¡qué emocionante!», «¡qué verdades dice!». Y si el asunto concluía con una moraleja especialmente conmovedora, los asistentes aplaudían con entusiasmo.

Luego se levantó una muchacha enjuta y melancólica, cuya cara tenía la «interesante» palidez producto de un exceso de píldoras y malas digestiones, y leyó un «poema». Para muestra bastan una estrofas:

UNA DONCELLA DE MISURI SE DESPIDE DE ALABAMA

¡Adiós, adiós, oh, Alabama! ¡Mucho te quiero yo!
¡Pero voy a abandonarte una corta temporada!
¡Tristes pensamientos, sí, dilatan mi corazón,
y ardientes recuerdos se agolpan en mi frente acongojada!

Porque he estado paseando por tus bosques floridos;
he vagado con mi libro cerca del río Tallapoosa;
también las aguas guerreras del Tallassee he oído,

y he perseguido la aurora a las orillas del Coosa.
Pero no me da vergüenza que pene mi corazón,
ni me pongo colorada por mirar atrás, llorando;
no es una tierra extranjera la que ahora dejo yo,
ni extranjeros son aquellos por quienes voy suspirando.

Tenía yo en este estado mi hogar, mi gozo y juguete,
pero abandono sus valles, sus torres huyen de mí;
¡y fríos estarán, mis ojos, mi corazón y mi *tête,*
cuando, ¡oh, querida Alabama!, te miren fríos a ti!

Había poca gente allí que supiera el significado de *tête,* pero el poema resultó muy satisfactorio.

Enseguida apareció una señorita morena, de ojos y pelo negros, que hizo una pausa impresionante, adoptó una expresión trágica y empezó a leer en un tono rítmico y solemne:

UNA VISIÓN

Oscura y tempestuosa era la noche. Alrededor del trono en las alturas ni una estrella titilaba; pero las profundas entonaciones de los truenos violentos vibraban incesantes en el oído, mientras los relámpagos terroríficos se recreaban enojados por las cámaras nubosas del cielo, ¡y parecían desdeñar el poder ejercido sobre su terror por el ilustre Franklin! Aun los vientos furibundos salían unánimemente de sus místicos hogares y lanzaban sus ráfagas violentas como para aumentar con su ayuda la ferocidad de la escena.

En una hora como esta, tan oscura, tan negra, todo mi espíritu ansiaba hallar alguna simpatía humana; sin embargo, en vez de ella:

Mi más cara amiga, mi consejera, mi guía y consolación, mi gozo en la pena, segunda dicha en el gozo, a mi lado apareció.

Se movía como uno de esos luminosos seres imaginados en los paseos soleados del Edén por la fantasía de los jóvenes y los románticos, una reina de la belleza sin más adornos que su propia hermosura trascendental. Tan suave era su paso que no hacía ni un ruido y, a no ser por el estremecimiento mágico impartido por su toque afable, hubiera pasado inadvertida, no buscada. Una extraña tristeza se posaba sobre sus facciones como lágrimas heladas sobre el manto de diciembre, mientras señalaba a las fuerzas de la Naturaleza en pugna, y me pidió que contemplara los dos seres recién aparecidos.

El premio fue entregado por el alcalde a una joven paliducha, quien tuvo alientos suficientes para arrancar lágrimas con una composición patética que comenzaba con la mención de «una lóbrega y tempestuosa noche...». En su discurso, el alcalde declaró enfáticamente que aquel trabajo era lo más emocionante y mejor compuesto que había oído en su vida... Entonces el maestro, ablandado, se dejó ganar por una infrecuente campechanía: puso a un lado su butaca, se volvió de espaldas al auditorio y empezó a trazar en el encerado un mapa de América para los ejercicios de la clase de geografía. Pero tenía la mano insegura e hizo de aquello un berenjenal que provocó risitas entre los asistentes.

Al darse cuenta de lo que sucedía, procuró corregirlo, pasando la esponja por algunas líneas que enmendó seguidamente. Le salieron más absurdas y dislocadas, y las risitas fueron en aumento. Entonces redobló su atención y empeño en la tarea, resuelto a no dejarse intimidar por aquellas burlas. Todas las miradas seguían fijas en él, y cuando creyó que había salido de aquel mal paso, las risitas volvieron a dejarse oír. No faltaba razón para ello, pues en el techo, sobre su cabeza, se había abierto la trampa que daba acceso a una buhardilla, y por allí bajaba un gato con una cuerda atada a su cuerpo. El animal tenía la cabeza envuelta en un trapo para impedirle maullar. Según iba bajando lentamente se dobló hacia abajo, dando zarpazos en el aire.

El jolgorio crecía; el gato estaba a menos de un metro de la cabeza del absorto maestro... Seguía bajando, bajando, y de pronto hundió sus uñas en la peluca del pobre dómine. Entonces tiraron de la cuerda hacia arriba, y la peluca quedó entre las uñas del animal, dejando al descubierto la brillante calva del pobre hombre.

Allí terminó la reunión. Los chicos estaban vengados. Empezaban las vacaciones.

CAPÍTULO XXII

Atraído por lo decorativo de las insignias y emblemas, Tom ingresó en la nueva Orden de los Cadetes del Antialcoholismo. Prometió no fumar, no masticar tabaco ni jurar mientras perteneciese a la misma. Con ello realizó un descubrimiento que lo tuvo preocupado, a saber: que comprometerse a no hacer una cosa es lo más seguro para desear hacer, precisamente, aquello que uno se prohíbe. Tom se sintió inmediatamente tentado por el prurito de beber y jurar. Y este deseo se hizo tan irresistible que solo la esperanza de que pronto se le ofreciera una ocasión para lucir el emblema le impidió renunciar a la orden. Estaba próximo el 4 de julio, Día de la Independencia, pero dejó de pensar en eso; lo dejó de lado cuando hacía apenas cuarenta y ocho horas que arrastraba el grillete de su reciente compromiso. Fijó todas sus esperanzas en el juez de paz, el anciano Grazer, que al parecer estaba enfermo de muerte, y al que se le harían grandes funerales por la importancia de su posición en el pueblo. Durante tres días, Tom vivió preocupado con la enfermedad del juez, pidiendo frecuentemente noticias de su estado. A veces subían tanto sus esperanzas, que llegaba a sacar las insignias y a adoptar gestos convenientes delante del espejo. Pero el juez se condujo como si jugara al escondite con su enfermedad, hasta que al fin fue declarado fuera

163

de peligro, y luego en franca convalecencia. Esto indignó a Tom como si hubiese recibido una ofensa personal. Presentó inmediatamente su dimisión de la Orden, con tan mala fortuna que aquella noche el juez tuvo una recaída y murió. Tom se juró que jamás se fiaría de las apariencias.

El entierro fue estupendo. Los Cadetes de la Orden desfilaron con una pompa que parecía preparada para hacer morir de envidia al dimisionario.

¡Adiós, banda roja! ¡Adiós, insignias de la orden antialcohólica!

Pero Tom estimó que había ganado algo; por lo pronto era libre y podía jurar y beber sin infringir ningún reglamento; mas con gran sorpresa advirtió que no tenía ningún deseo de las dos cosas. Solo el hecho de que podía hacerlo extinguió su tentación, despojando a aquellos placeres de todo encanto.

Descubrió con desaliento que las mismas vacaciones, esperadas con tanta impaciencia, se deslizaban tediosas. Para matar el tiempo intentó escribir un diario, pero al no ocurrirle nada notable durante tres días, abandonó la idea.

También resultó un fiasco el glorioso Día de la Independencia. Llovió copiosamente y, por lo tanto, no hubo procesión cívica. El hombre más notable del mundo, según su parecer, míster Benton, un auténtico senador de los Estados Unidos, resultó un desencanto, pues no llegaba a medir ni siquiera dos metros de alto.

Como para cortar tanto aburrimiento llegó un circo. Los muchachos jugaron a los títeres en tres tiendas, hechas con esteras viejas. Precio a la entrada: tres alfileres los chicos y dos las chicas. Enseguida se olvidaron del circo.

Llegaron un frenólogo y un magnetizador, y volvieron a marchar, dejando al pueblo más aburrido y soso que nunca.

Becky Thatcher se había marchado a su casa de Constantinopla, a pasar las vacaciones con sus padres, y de este modo halló Tom que no le quedaba a la vida ninguna faceta de interés.

El espantable secreto del asesinato no se borraba de su imaginación; era una crónica negra, un verdadero cáncer por su constante presencia, pero procuraba sobreponerse a ello, olvidar...

Se presentó el sarampión...

Tom estuvo durante dos largas semanas prisionero en su casa, muerto para el mundo. Se sentía mal; nada le interesaba. Cuando al fin pudo levantarse y empezó a vagar decaído y débil, descubrió que una triste mudanza se había operado en todas las cosas y en todas las personas. Se había producido una ferviente exacerbación religiosa. Tom recorrió el pueblo esperando encontrar alguna cara pecadora, pero solo cosechó desengaños. Joe Harper se hallaba enfrascado en el estudio de la Biblia; desconsolador espectáculo para él. Buscó a Ben Rogers, y lo encontró visitando a los pobres y repartiéndoles folletos devotos. Consiguió ver a Jim Hollis, el cual le invitó a considerar el sarampión como un aviso de la Providencia. Cada chico con el que se tropezaba no hacía más que aumentar su pesadumbre, y cuando al fin buscó desesperado refugio en la compañía de Huckleberry y este lo recibió con una cita bíblica, el alma se le bajó a los pies, fue arrastrándose hasta su casa y se acostó convencido de que solo él en el pueblo estaba perdido por los siglos de los siglos.

Aquella noche se desencadenó una terrorífica tempestad, con lluvia, truenos y espantables relámpagos. Tapándose la cabeza con la sábana, esperó su fin con horrenda ansiedad, pues no podía dudar de que toda aquella tremolina era por él. Estaba convencido de que había abusado de la divina benevolencia más allá de lo tolerable y llegaba el momento en que Dios había decidido lanzar su furia sobre un miserable insecto como él.

Poco a poco la tempestad se apaciguó, y Tom seguía en la cama. Su primer impulso fue de gratitud, y prometió inmediata enmienda.

Al día siguiente el médico encontró que Tom había recaído. Las tres semanas que permaneció acostado fueron una eternidad. Cuando al fin volvió a la vida, no sabía si agradecerlo, recordando la soledad en que se encontraba, sin amigos, abandonado de todos.

Indiferente y taciturno, echó a andar calle abajo. Encontró a Jim Hollis actuando de juez ante un jurado infantil que estaba juzgando a un gato acusado de asesinato, en presencia de su víctima: un pájaro. Retirados en una calleja próxima, vio a Joe Harper y Huck Finn comiéndose un melón robado. ¡Pobrecillos! Ellos también, como él, habían recaído.

CAPÍTULO XXIII

⌒

Por fin el pueblo salió de su letargo, y, la verdad, lo hizo con sobrados motivos.

El proceso por el asesinato iba a verse en el tribunal. Tal acontecimiento constituyó el tema único de todas las conversaciones. Tom no podía mostrarse indiferente. Pese al tiempo transcurrido, cualquier alusión al crimen le producía un escalofrío. Su conciencia y su miedo le persuadían de que todas esas alusiones no eran sino anzuelos que se le tendían. No llegaba a comprender cómo se podía sospechar que él supiera algo acerca del asesinato; pero, pese a eso, no se sentía tranquilo en medio de tantos comentarios y chismorreos. Su vida era un continuo estremecimiento. Acabó llevándose a Huck a un lugar apartado para hablar del asunto. Le aliviaría quitarse la mordaza por un rato, compartir su carga de preocupaciones con otro desgraciado. Además, quería asegurarse de que Huck no se hubiera ido de la lengua.

—Dime, ¿has hablado a alguno de lo que vimos aquella noche?

—No sé qué dices.

—¡Bien me comprendes!

—Te aseguro que no he soltado la menor palabra.

—¿Puedo creerte?

—Si no digo la verdad, que me caiga aquí mismo muerto. ¿Por qué quieres saber eso, Tom?

—Tengo miedo.

—Tom, no viviríamos dos días si se descubriera la verdad. Bien lo sabes tú.

Tom se sintió tranquilizado. Después de un silencio, dijo:

—Huck, nadie conseguirá hacer que lo digas, ¿verdad?

—Vamos, chico, aquel mestizo me ahogaría.

—Pienso lo mismo. Es un secreto que no debe salir de nosotros. Pero vamos a jurar otra vez para estar más seguros.

—De acuerdo.

Y pronunciaron de nuevo el juramento, sin ahorrarse ninguna solemnidad.

—¿Qué dicen por ahí, Huck? Yo he oído la mar de cosas...

—De quien más hablan es de Muff Potter. Muff Potter por aquí, Muff Potter por allí, y así todo el tiempo. Te digo que sudo de miedo y quisiera esconderme en algún agujero donde nadie pudiera encontrarme.

—Lo mismo me pasa a mí. Me parece que a Muff le dan pasaporte. ¿No le tienes lástima?

—Sí, claro... Aunque él no vale gran cosa. Todo lo que hacía era pescar un poco para conseguir dinero y emborracharse. La verdad, ganduleaba, pero ¿quién de nosotros no es un poco gandul? Sin embargo, tenía cosas buenas: una vez me dio medio pescado, creyendo que tenía hambre. Estoy seguro de que con lo que le quedó no se llenó el estómago el infeliz...

—A mí me componía las cometas. También me ataba los anzuelos al sedal. ¡Si pudiéramos sacarlo de allí!

—¡Ca! No hay quien lo saque, Tom... Además, le volverían a echar mano enseguida.

—Sí, lo cogerían, pero no puedo aguantar cuando hablan de él como si fuera el mismo demonio, arrepintiéndose por no haberlo colgado antes.

—Siempre están diciendo eso. He oído que si llegaran a dejarlo libre sería linchado.

La conversación fue larga, pero no sacaron de ella ningún provecho. El atardecer los encontró dando vueltas en la vecindad de la solitaria cárcel, acaso con la vaga esperanza de que algo pudiera suceder. Pero no parecía que hubiera por allí ángeles propicios a interesarse por el desgraciado cautivo.

Como otras veces lo habían hecho, los muchachos se acercaron a la reja de la celda y dieron a Potter tabaco y fósforo. El preso estaba en la planta baja; no había allí ningún guardián.

Ante su gratitud por los regalos, siempre les remordía a ambos la conciencia, pero esta vez más dolorosamente que nunca. Se sentían traidores y cobardes cuando Potter les dijo:

—Habéis sido muy buenos conmigo, hijos. Sí, mejores que otros del pueblo. Y no lo olvido, no. Muchas veces me digo: «Yo arreglaba las cometas y las cosas de todos los chicos; yo les enseñaba los buenos sitios para pescar, y ahora ninguno se acuerda del pobre Muff, que está en apuros; vosotros sois los únicos. Yo tampoco me olvidaré de vosotros. ¡Ah, muchachos! No soy malo como cree la gente. Hice aquello porque estaba loco y borracho. Ahora me van a colgar por ello; está bien que así sea. Pero no hablemos de esto; no quiero que os pongáis tristes, Tom y Huck. Echaos un poco a un lado para que os vea mejor. Subíos uno en la espalda del otro para que os pueda tocar. Así está bien. Dadme las manos. La tuya, Tom, pasa a través de la reja, pero la mía es grande. Vuestras manos, aunque chicas, han ayudado mucho a Muff Potter; más le ayudarían si pudieran, ¿eh?...

Tom volvió muy triste a su casa y sus sueños de aquella noche fueron una sucesión de horrores. Durante dos días rondó por las cercanías de la sala del tribunal, atraído por un irreprimible deseo de entrar, pero conteniéndose para no hacerlo.

Lo mismo le ocurría a Huck, y por ello se esquivaban mutuamente. Procuraban alejarse, mas la misma trágica fascinación les obligaba a volver enseguida. Tom aguzaba el oído cuando algún curioso salía de la sala, pero siempre le llegaban malas noticias. El careo se iba estrechando implacablemente en torno al infeliz Potter. Al cabo del segundo día la opinión popular era que la declaración de Joe el Indio se mantenía inconmovible, no abrigando la menor duda de cuál sería el veredicto del jurado.

Aquella noche Tom se retiró muy tarde y entró por la ventana para acostarse sin ser visto. Tenía una fuerte excitación y transcurrieron muchas horas antes de que pudiera conciliar el sueño.

A la siguiente mañana, todo el pueblo se amontonó delante del edificio del tribunal. Aquel iba a ser el día decisivo. Después de una larga espera, el jurado hizo su entrada en la sala y ocupó sus puestos. Casi enseguida, Potter, pálido y huraño, fue introducido sujeto con cadenas. Fue sentado donde todos los ojos ansiosos pudieran verlo; no menos preocupado aparecía Joe el Indio. Tras breve espera, llegaron el *sheriff* y el juez. Fue el *sheriff* quien declaró abierta la sesión. Se sucedieron los habituales cuchicheos entre los abogados y el manejo y reunión de papeles. Estas tardanzas iban cargando la atmósfera de expectativa y emoción.

Se llamó a un testigo; declaró que había encontrado a Muff Potter lavándose en el arroyo en las primeras horas de la madrugada del día fatídico. Lo vio alejarse como si quisiera no ser visto. Después de algunas preguntas, dijo el fiscal:

—La defensa puede interrogarlo.

El acusado levantó los ojos, pero los volvió a bajar cuando su defensor dijo:

—No tengo nada que preguntar.

El testigo que compareció después declaró haber encontrado la navaja al lado del cadáver. El fiscal dijo:

—La defensa puede interrogarlo.

—Nada tengo que preguntar —repitió el defensor.

El tercer testigo juró que había visto aquella navaja en poder de Muff Potter.

También esta vez el abogado defensor se abstuvo de interrogarlo.

Un movimiento de enojo empezó a manifestarse entre el público. ¿Es que aquel abogado se proponía tirar por la ventana la vida de su cliente? Nunca se había visto a un defensor hacer menos que aquel en favor del desgraciado confiado a su saber.

Los testigos que siguieron se refirieron a la actitud sospechosa de Potter cuando fue llevado al lugar del crimen. Como los anteriores, abandonaron el estrado sin ser interrogados por el defensor.

Las pruebas abrumadoras para el acusado, que todos recordaban tan bien, fueron relatadas ante el tribunal por varios testigos de los que no era posible dudar, pero ninguno de estos declarantes fue interrogado por el abogado de Potter. La actitud de este convirtió el asombro del público en fuertes murmullos que provocaron una reprimenda del juez. El fiscal dijo entonces:

—Con el juramento de ciudadanos cuya mera palabra está exenta de toda sospecha, hemos probado, sin que haya posibilidad de duda, que el autor de este horrendo crimen es el prisionero que está en ese banco. No me queda nada más que añadir a la acusación.

Potter exhaló un sollozo. Tapándose la cara con las manos, balanceaba su cuerpo atrás y adelante, mientras un angustioso silencio reinaba en la sala. Muchos hombres se conmovieron y la compasión de las mujeres se convertía en lágrimas. El abogado defensor, levantándose, dijo:

—Al comenzar este juicio dejé entrever, después de mis primeras indagaciones, que mi defendido había cometido ese acto sangriento bajo la influencia irresponsable del alcohol. Mi intención es ahora otra; no he de alegar esa circunstancia...

Y agregó, dirigiéndose al alguacil:

—Que comparezca Thomas Sawyer.

La perplejidad y el asombro se pintaron en todos los rostros, sin exceptuar el de Potter. Miradas curiosas e interrogadoras cayeron sobre Tom cuando se levantó para ocupar su puesto en la plataforma. Parecía fuera de sí, pues estaba atrozmente asustado. Se le tomó juramento.

—Thomas Sawyer, ¿dónde te encontrabas el 17 de junio a eso de las doce de la noche?

Tom dirigió una mirada a la cara de piedra de Joe el Indio y se le paralizó la lengua. Todos aguzaban el oído, pero las palabras se negaban a salir de los labios del muchacho. Pasados unos momentos, Tom pareció recobrar algo de sus fuerzas para emitir estas palabras que llegó a oír una parte del público:

—En el cementerio.

—Habla más alto. No temas nada. Dices que estabas en...

—El cementerio —afirmó Tom.

En la boca de Joe el Indio se dibujó una desdeñosa sonrisa.

—¿Te encontrabas en algún lugar próximo a la sepultura de Williams?

—Sí, señor.

—Habla un poco más alto. ¿A qué distancia estabas?

—Tan cerca como estoy de usted.

—Exactamente, ¿en qué lugar?

—Detrás de los olmos que hay junto a la sepultura.

—¿Había alguien más contigo?

—Sí. Fui allí con...

—Aguarda un momento. No te ocupes ahora de cómo se llamaba tu acompañante. En el momento oportuno le haremos comparecer. ¿Llevasteis allí alguna cosa?

Tom vacilaba. Parecía abochornado.

—Dilo sin miedo, muchacho. La verdad es siempre merecedora de respeto. ¿Qué llevabas al cementerio?

—Solo un... gato; un gato muerto...

Estallaron algunas risas, a las que el tribunal puso rápidamente término.

—A su debido tiempo presentaré el esqueleto del gato. Ahora, Tom, dinos todo lo que ocurrió. Cuéntalo a tu manera, sin callarte nada.

Tom se mostró vacilante al principio, pero a medida que se iba adentrando en el tema con la ayuda de sus recuerdos bien presentes en su memoria, las palabras salían de sus labios con mayor soltura. En pocos instantes parecía haberse impuesto al auditorio y todos los ojos estaban fijos en él. Entreabiertas las bocas y contenida la respiración, lo escuchaban sin darse cuenta del transcurso del tiempo, arrebatados por la trágica fascinación del relato. La atención llegó a su punto culminante cuando el pequeño testigo dijo: «Y cuando el doctor enarboló la estaca y Muff Potter cayó al suelo, Joe el Indio saltó con la navaja y...».

Con la velocidad de una centella, el mestizo se lanzó hacia una ventana, abriéndose paso entre los que intentaban detenerlo, y desapareció.

CAPÍTULO XXIV

O tra vez se convertía Tom en un héroe ilustre, mimado por los viejos, envidiado por los jóvenes. Hasta mereció los honores de la letra impresa en el periódico de la localidad, que así dejaba inmortalizado su nombre. Había quien aseguraba que llegaría a ser presidente si se probaba que había dicho toda la verdad.

Como siempre acontece, el mundo tornadizo e ilógico estrechó a Muff Potter contra su pecho, halagándolo y festejándolo con la misma prodigalidad con que antes lo había maltratado. Tal es la conducta de los hombres para con sus semejantes; no hay, por lo tanto, que ponerle faltas.

Vinieron días de esplendor y ventura para Tom, pero las noches eran intervalos de horror. Joe el Indio turbaba todos sus sueños, siempre con algo de fatídico en su torva mirada. No había tentación que le hiciera asomar la nariz fuera de casa en cuanto oscurecía. El infeliz Huck sufría las mismas angustias, pues Tom había contado todo al abogado la noche antes del día de la declaración, y temía que su participación en el drama llegara a saberse, aunque la fuga de Joe el Indio le había salvado del tormento de testimoniar ante el tribunal. El infeliz había conseguido que el abogado le prometiese guardar el secreto, pero ¿qué adelantaba con eso? Desde que los escrúpulos de conciencia de Tom lo arrastraron a casa del defensor y arrancaron la historia de sus labios sellados por los más terribles juramentos, la confianza de Huck en el género humano se había casi evaporado. Todos los días la gratitud de Potter hacía alegrarse a Tom por haber hablado, pero llegada la noche se arrepentía de no haber mantenido la lengua quieta. Temía que jamás se llegase a capturar a Joe el Indio. Intuía que no respiraría tranquilo hasta que aquel bandido muriera y él viese su cadáver.

Se habían ofrecido recompensas por la captura del criminal y se le buscaba por todo el país, pero Joe el Indio no aparecía. Un prestigioso detective vino de San Luis; olisqueó por todas partes, sacudió la cabeza y, tras meditar frunciendo las cejas, consiguió uno de esos asombrosos triunfos que los de su profesión suelen alcanzar de cuando en cuando. Esto significaba que descubrió una pista. Mas no es posible llevar una pista a la horca por asesinato, y así es que cuando el detective acabó su tarea y se fue a casa, Tom se sintió tan amedrentado e inseguro como antes.

Los días fueron transcurriendo perezosamente, y cada uno iba aliviándolo, sin que él pareciera darse cuenta, del peso de sus preocupaciones.

CAPÍTULO XXV

~

En la vida de todo muchacho, rectamente constituido, llega un momento en que siente el incontenible deseo de ir a cualquier parte y excavar en busca de tesoros. Repentinamente, un día le entró a Tom ese deseo. Echándose a la calle buscó a Joe Harper, pero fracasó en su empeño. Entonces trató de encontrar a Ben Rogers; mas este se había ido de pesca. Se topó con Huck Finn, Manos Rojas. Huck serviría para llevar a cabo su propósito. Tom lo condujo a un lugar apartado y le explicó el caso. Huck estaba siempre dispuesto para echar una mano en cualquier empresa que ofreciese entretenimiento sin exigir capital, pues tenía una superabundancia de ese tiempo que no es oro precisamente.

—¿En dónde hemos de cavar, Tom?

—¡Bah!, en cualquier parte.

—¿De modo que puede haberlos por todos los lados?

—No es tan fácil; están escondidos en los sitios más raros...; unas veces en islas; otras, en cofres carcomidos, entre las raíces de un árbol, justo donde su sombra cae a medianoche, pero la mayor parte en el suelo de casas encantadas.

—¿Quiénes los meten allí?

—Los bandidos, por supuesto. No seas bobo; no iban a ser superintendentes de escuelas dominicales.

—Si el dinero fuera mío, no lo escondería; me lo gastaría para pasarlo en grande.

—Lo mismo haría yo, pero a los ladrones no les da por ahí. Siempre lo meten bajo tierra y allí lo dejan.

—¿Y no vuelven a buscarlo?

—Ellos creen que volverán algún día, pero se les olvidan las señales o se mueren cometiendo otras fechorías. Y allí se quedan los tesoros hasta que alguno encuentra un papel amarillo que te cuesta una semana descifrar...

—¿Tienes acaso un papel de esos, Tom?

—No.

—¿Cómo vas a encontrar las señales?

—No me hacen falta. Ya te dije que es preciso excavar en las casas de duendes o en las islas; a veces debajo de un árbol seco con una rama que sobresalga. Ya hemos rebuscado en una ocasión por la isla de Jackson; podemos probar otra vez. Allí está aquella casa vieja, encantada, junto al arroyo de la destilería y la mar de árboles con ramas secas...

—¿Cómo sabes a cuál te has de tirar?

—A todos.

—Eso te llevará el verano entero.

—¿Y qué importa? Suponte que encuentras un caldero de cobre con cien dólares dentro, o un arca podrida llena de diamantes. ¿Qué me dices?

A Huck le relampaguearon los ojos.

—¡Eso sería de primera! Me conformo con los cien dólares. No necesito los diamantes.

—Bien, pero ten por cierto que yo no voy a tirar los diamantes. Los hay que valen hasta veinte dólares cada uno.

—¿Es posible?

—Cualquiera que entienda algo de esto te lo puede decir. ¿Nunca has visto un diamante, Huck?

—No.

—Los reyes los tienen a espuertas.

—No conozco a ningún rey, Tom.

—Ya me lo figuro; pero si fueras a Europa, verías manadas de ellos brincando por todas partes.

—¿De verdad brincan?

—No tanto como eso...

—Entonces, ¿por qué lo dices?

—Es un modo de hablar, pero que hay muchos, eso no puedes dudarlo; te los tropezarías por todas partes, como aquel Ricardo, el de la joroba.

—¿Ricardo, dices? ¿Cuál es su apellido?

—Solo se le conocía por ese nombre. Para que lo sepas, los reyes solo tienen el nombre de pila.

—Pues si eso les gusta a ellos, bien está, ¿no crees? Aquí solo los negros tienen nombre de pila. Pero dime, ¿en qué lugar vamos a cavar primero?

—No sé... Suponte que nos enredamos primero con aquel árbol viejo que está en la cuesta, más allá del arroyo...

—Bueno.

Se agenciaron un pico y una pala dejados por inútiles por sus propietarios, y emprendieron la primera caminata de unas tres millas. Sofocados y jadeantes, se tumbaron a la sombra de un olmo para descansar y fumarse una pipa.

—Me gusta esto —dijo Tom.

—También a mí.

—Huck, si encontramos un tesoro, ¿qué vas a hacer con la parte que te corresponde?

—Comer pasteles todos los días y beberme una botella de gaseosa. También iré todas las tardes a los circos que pasen por aquí.

—¿No piensas ahorrar algo?

—¿Ahorrar?

—Tienes que pensar en vivir lo mejor posible.

—¡Eso no sirve de nada! Papá volvería al pueblo y echaría las uñas a mi tesoro, si yo no andaba listo. Lo liquidaría en un periquete. Tom, ¿qué vas a hacer con el tuyo?

—Comprarme un tambor y una espada de verdad. También una corbata colorada para casarme.

—¿Casarte?

—Como lo oyes.

—¿Has perdido la chaveta, chico?

—Espera y verás.

—Es la cosa más tonta que he oído en mi vida... Nunca he visto hacer otra cosa a mis padres que zurrarse de lo lindo.

—La chica con la que voy a casarme no es de las que se pegan con sus maridos.

—Me parece que todas son iguales. Todas le tratan a uno a patadas. Será mejor que lo pienses bien antes de meterte en un lío así. ¿Cómo se llama esa chica?

—No es una chica; es una niña.

—Lo mismo da. Unos dicen chica, otras niñas... Pero ¿cuál es el nombre de la tuya?

—Te lo diré más adelante.

—Como quieras, pero pienso que si te casas me voy a quedar solo.

—No, Huck; vivirás conmigo. Ahora, a levantarse y a cavar.

Durante más de media hora trabajaron y sudaron. Ningún resultado. Volvieron a cavar en otro sitio durante media hora más. Sin resultado todavía.

Huck, desanimándose, dijo:

—¿Será que enterraban los tesoros muy profundos?

—A veces; otras no les daba tiempo. Tal vez no hemos tenido suerte con el sitio.

Escogieron otro y empezaron de nuevo. Hacían su tarea con mucho brío, sin hablarse apenas. Al fin Huck se apoyó en la pala, se enjugó el sudor de la cara con la manga y dijo:

—¿Dónde hemos de seguir cavando después de esto?

—Quizá convenga hacerlo junto al árbol que está allá, en el monte de Cardiff, detrás de la casa de la viuda.

—Me parece que allí puede haber algo, pero ¿no nos lo quitará la viuda? Piensa que vamos a meternos en su terreno.

—No temas. No podría.

—¿Por qué?

—Quien encuentra uno de esos tesoros escondidos se lo queda.

Prosiguieron el trabajo.

Pasado un rato, Huck exclamó:

—¡Maldita sea! Debemos estar otra vez en mal sitio. ¿Qué piensas?

—No me lo explico, chico. Dicen que las brujas suelen meterse en estas cosas.

—Las brujas no tienen poder cuando es de día.

—Es verdad. No había pensado en ello. ¡Ah, ya sé en qué consiste la cosa! ¡Qué idiotas somos! Hay que saber hacia dónde cae la sombra de la rama a medianoche. Allí es donde se debe cavar.

—¡Hemos trabajado para nada, maldita sea! No vamos a tener más remedio que volver de noche, y esto está muy lejos. ¿Podría salir de casa?

—Saldré. Tendremos que dejar el asunto resuelto esta noche, pues si alguien ve estos hoyos, sabrá enseguida lo que hay aquí y se echará sobre ello.

—Bueno, yo te esperaré cerca de tu casa. En cuanto llegué allí maullaré.

—Entendido. Escondamos las herramientas entre el matorral.

Llegada la noche, los chicos volvieron a aquel sitio y esperaron, sentados, en la oscuridad. En el solitario paraje les parecía sentir a los espíritus cuchichear entre las hojas. A lo lejos se oyó el ronco ladrido de un perro; esto les hizo pensar que los fantasmas no debían andar lejos. Intimidados, hablaron poco. Cuando calcularon que sería medianoche, señalaron el sitio donde caía la sombra de la luna y empezaron a trabajar con el pico y la pala. Sus esperanzas crecían, y esto les daba fuerzas para acelerar su laboriosidad. El hoyo se hacía más y más profundo, pero cada vez que el corazón les daba un vuelco al sentir que el pico tropezaba con algo, solo era para sufrir un nuevo desengaño, pues el tropiezo había sido contra una piedra o una raíz.

—Huck —dijo Tom desalentado—, nos hemos vuelto a equivocar.

—No lo comprendo. Lo hemos hecho justo en el lugar de la sombra que señalaba la luna.

—Lo sé, pero hay otra cosa.

—¿Cuál?

—Que no hicimos más que figurarnos la hora. Puede que nos hayamos puesto a cavar demasiado tarde o demasiado temprano.

Huck dejó caer la pala.

—¡Siempre tiene que pasarnos algo, maldita sea! —exclamó—. Será mejor dejar esto, pues nunca lograremos saber cuál es la hora justa. Además, no me gusta nada esto de encontrarnos solos en un sitio por donde pueden andar las brujas. A cada momento me parece que tengo a alguien detrás, esperando su ocasión para jugarme una mala pasada.

—También a mí me sucede lo mismo, Huck.

—Tengo la carne de gallina.

—Casi siempre meten un difunto en el hoyo donde entierran un tesoro.

—¿Por qué hacen eso?

—Para que lo guarde.

—¡Cristo!

—Eso es, al menos, lo que se dice.

—Tom, no me gusta andar haciendo tonterías donde hay muertos.

—Tampoco a mí me gusta hurgar en las sepulturas. Figúrate que hubiera aquí uno, sacase la calavera y nos dijese algo...

—¡Cállate, Tom!

—No estoy tranquilo, chico.

—Dejemos esto y vamos a probar suerte en cualquier otro sitio.

—Sí, será mejor.

—¿En cuál?

—En la casa encantada.

—¿Estás loco? No me gustan las casas con fantasmas. Son peores que los difuntos. Los muertos puede ser que hablen, pero no andan por ahí con sudarios. No nos metamos en esos peligros, Tom.

—Tonto, los fantasmas solo andan por ahí de noche; a ellos no les importan los tesoros.

—Tú sabes muy bien que nadie se atreve a acercarse a la casa encantada.

—Eso es porque a la gente no le gusta ir por donde han matado a alguien. Sin embargo, nada se ha visto de noche por fuera de aquella casa; solo alguna luz que sale por una de sus ventanas.

—Pues se puede apostar a que hay un fantasma detrás de esa luz, Tom.

—Tal vez, pero de día no salen de la casa.

—¿Cavaremos por allí cuando sea de día?

—Eso te propongo.

Empezaron a bajar la cuesta. Allá abajo, en el valle iluminado por la luna, estaba la casa encantada, completamente sola, con las cercas derrumbadas y las puertas casi cubiertas por una vegetación bravía. Los chicos se quedaron mirándola, esperando ver pasar una luz fantasmal más allá de alguna de sus ventajas. Después reanudaron su marcha en dirección al pueblo, cortando camino a través de los bosques que embellecían la otra ladera del monte Cardiff.

CAPÍTULO XXVI

Sería mediodía cuando los dos chicos llegaron junto al árbol seco, lugar en el que tan infructuosamente habían trabajado la noche anterior. Iban en busca de sus herramientas. Tom se sentía impaciente por llegar cuanto antes a la casa encantada. Huck también quería llegar allí, pero con menos entusiasmo que su compañero de aventuras. De pronto dijo:

—Tom, ¿sabes qué día es hoy?

El interrogado trató de hacer memoria. De repente, alarmado, levantó la vista.

—¡No se me había ocurrido pensar en eso!

—Tampoco a mí, pero de golpe me vino a la cabeza la idea de que hoy es viernes.

—¡Qué fastidio!

—¿Entonces?...

—Todo cuidado es poco, Huck. ¡Menos mal que te has acordado! Los viernes son días de mala suerte.

—Lo malo no es solo que hoy sea viernes, sino que anoche soñé con ratas.

—¿Reñían?

—No.

—Eso es bueno, chico. Cuando no riñen es señal de que anda rondando un inconveniente. Así pues, lo que corresponde es estar alerta. De todos modos, dejemos por hoy lo que íbamos a hacer y juguemos. ¿Quieres que imitemos a Robin Hood?

—¿Quién es ese Robin Hood?

—Uno de los hombres más grandes que hubo en Inglaterra...; además era un bandido.

—¡Qué bueno! ¿A quién robaba?

—Únicamente a los *sheriffs,* a los ricos, a los obispos. Nunca les quitaba nada a los pobres. Los quería y siempre repartía con ellos lo que les sacaba a los otros.

—Debía de ser un tipo con toda la barba.

—¡Claro que sí! Era la persona más noble que ha existido. Podía a todos los hombres de Inglaterra con una mano atada atrás. También con su arco atravesaba una moneda de diez centavos, sin fallar una vez, a más de una milla de distancia. Vamos, juguemos a Robin Hood; te enseñaré.

—De acuerdo.

Pasaron la tarde jugando a Robin Hood, echando de tiempo en tiempo una mirada a la casa de los duendes y hablando de sus proyectos para el día siguiente. Al ocultarse el sol emprendieron el regreso por entre las sombras de los árboles, y pronto desaparecieron en la espesura del monte Cardiff.

El sábado, pasado el mediodía, acudieron nuevamente junto al árbol seco. Después de fumarse una pipa, charlando a la sombra, cavaron un poco en el último hoyo, sin abrigar esperanzas, y tan solo porque Tom dijo que había casos de buscadores de tesoros que no habían dado con ellos por no persistir en cavar unos palmos más. La cosa volvió a fallarles; así que los muchachos, echándose las herramientas al hombro, se alejaron convencidos de que la suerte no quería ponerse de su parte.

Cuando llegaron a la casa encantada, advirtieron algo tan fatídico en el silencio de muerte que allí reinaba que por un instante tuvieron miedo de entrar. Pero, armándose de valor, se aproximaron a la puerta y atisbaron en el interior.

Vieron una habitación en cuyo piso, sin pavimentar, crecía la hierba. Los muros aparecían sin revoque. No había ni rastro de chimenea, y una escalera ruinosa conducía al piso alto entre tupidas telas de arañas.

Latiéndoles fuertemente el corazón, entraron de puntillas, hablando muy bajo y con el oído alerta para atrapar el más leve ruido.

Pero al poco rato sus temores se aminoraron y pudieron examinar el sitio donde se encontraban, sin que dejara de sorprenderles su propia audacia. Poco después quisieron echar una mirada al piso alto. Subir era arriesgado. Equivalía a cortarse la retirada en caso de peligro; pero se azuzaron el uno al otro, tiraron las herramientas a un rincón y empezaron a subir.

Se encontraron allá arriba con las mismas señales de abandono y ruina del piso bajo. En un ángulo distinguieron un camaranchón que era toda una promesa de misterio. Pero no hallaron allí nada que valiera la pena. Rehechos y envalentonados, se disponían a bajar para volver al trabajo, cuando...

—¡Chist! —dijo Tom.

—¿Qué?... ¡Corramos, por Dios!

—Quieto, Huck, no te muevas. Vienen derechos hacia la puerta.

Se tendieron en el suelo, tratando de atisbar por los resquicios de las tablas. Su espera fue una agonía de espanto.

—Se han detenido; no, vienen... No hables, Huck... ¡Dios mío, quién se viera lejos!

Dos hombres entraron en la planta baja. Cada uno de los muchachos se dijo:

—Ahí está el viejo español sordomudo que ha andado por el pueblo hace unos días. Al otro no lo he visto nunca.

El citado en segundo lugar era un ser haraposo y sucio y de fisonomía nada atrayente. El español estaba envuelto en una especie de manta; tenía una barbaza blanca, alborotada, y largas greñas, también blancas, le salían por debajo del ancho sombrero. Se sentaron en el suelo, de espaldas a la puerta, y cuchichearon.

Poco a poco sus ademanes se hicieron menos cautelosos y sus palabras más audibles.

—No —dijo el más joven—. Lo he pensado bien y la cosa no me gusta nada. Es peligroso.

—¡Peligroso! —refunfuñó el *sordomudo,* quitándose las gafas de cristales verdes que llevaba puestas—. ¡Eres un gallina!

Su voz dejó a los chicos atónitos y temblorosos. ¡Era Joe el Indio! Tras un largo silencio, este dijo:

No es más peligroso que el golpe de allá arriba, y nada nos sucedió.

—Aquello fue diferente. Nunca se hubiera podido descubrir nada en caso de haber fallado.

—Ya es arriesgarse mucho venir de día a esta ruina de casa. Cualquiera que nos viese sospecharía...

—Ya lo sé, pero no teníamos otro sitio tan a mano después de aquel golpe idiota. Quiero irme de esta conejera; quise irme ayer, pero no fue posible por aquellos condenados chicos jugando allá en lo alto.

Los «condenados chicos» se estremecieron al sentirse aludidos y pensaron en la suerte que habían tenido el día anterior al acordarse de que era viernes y dejarlo todo para el día siguiente. ¡Mejor hubiera sido postergar la cosa para otro año!

Los dos hombres sacaron algo de comer y almorzaron. Después de larga meditación, Joe el Indio dijo:

—Muchacho, tú te vuelves río arriba a tu tierra. Esperas allí hasta que oigas de mí. Yo me arriesgaré a ir al pueblo a echar una mirada para ver cómo están las cosas. Daremos el golpe después que yo haya atisbado y vea por dónde se debe atacar. Dado el golpe, escaparemos a Texas.

El otro pareció aceptar el plan. Después los dos bostezaron, y Joe el Indio dijo:

—Estoy muerto de sueño. Vigila tú, mientras duermo un rato.

Se acurrucó entre las hierbas y poco después empezó a roncar.

Su compañero no tardó en dar cabezadas; al poco rato también estaba profundamente dormido.

Los dos chicos respiraron aliviados de un gran peso.

—Ahora nos toca a nosotros —murmuró Tom con un hilo de voz—. Vámonos.

—No sé si podré enderezarme —musitó Huck—. Me caería muerto si llegan a despertarse mientras bajamos.

Tom se enderezó con gran cuidado, pero al dar el primer paso el pavimento dio tal crujido que el muchacho volvió a tenderse, anonadado de espanto. No se atrevió a repetir el intento. Y allí se quedaron rígidos como muertos, contando el tiempo, que se hacía eterno.

Al fin advirtieron que el sol se estaba poniendo.

Joe el Indio dejó de roncar y se sentó en el suelo. Empujando con el pie a su camarada, cuya cabeza colgaba entre sus rodillas, rendida por el sueño, exclamó airado:

—¡Vaya una manera de hacer guardia!

—¡Caray! Me he dormido un momento.

—Levántate. Ya es tiempo de emprender la marcha. ¿Qué vamos a hacer con el poco dinero que nos queda?

—Hum... Quizá será mejor esconderla aquí como otras veces. Es expuesto llevarla encima hasta que no emprendamos nuestro viaje al sur. No me gustaría que nos quitaran esos seiscientos cincuenta dólares.

—Tienes razón. Solo nos costará volver por aquí a buscarlos.

—¿Y si pasara mucho tiempo antes de dar el golpe que se te ha metido entre ceja y ceja?

—De cualquier modo, nuestro dinero aquí estará seguro. Nadie se atreve a meter las narices en este lugar.

El compinche de Joe atravesó la habitación de rodillas, levantó una de las losas del fogón y metió en la cavidad un talego del que salían agradables sonidos metálicos. Después volvió a cubrir el agujero con la bolsa.

—Ya está.

Los muchachos olvidaron sus terrores y angustias. Con ojos ávidos seguían hasta los menores movimientos de los malhechores. Les parecía estar soñando. ¡Seiscientos cincuenta dólares era dinero sobrado para hacer ricos a una docena de chicos! ¡Por fin la anhelada fortuna se ponía al alcance de sus manos! Ya no tendrían que seguir cavando. Se hacían guiños e indicaciones con la cabeza, con los que se preguntaban: «¿No estás contento de estar aquí?».

—¿Qué hay aquí? —exclamó Joe el Indio cuando, con su cuchillo, trataba de asentar la losa sobre el agujero.

—¿Qué pasa? —preguntó su compañero.

—Noto algo duro aquí debajo.

—Veamos.

—Parece una tabla podrida.

—No, es una caja. Saquémosla.

Cuando la tuvieron en las manos, Joe el Indio exclamó:

—¡Es dinero!

Examinaron un puñado de monedas. Eran de oro. Tan sobreexcitados como ellos estaban los dos chicos allá arriba.

—Convendrá enterrar esto en otro sitio —dijo el compañero de Joe el Indio—. He visto un pico en ese rincón. Cavemos un hoyo y metamos estas monedas para venir a buscarlas cuando tengamos que ponernos en camino de Texas. ¡Cáspita! ¡Esto sí que es tener suerte!

La caja pesaba tanto, que Joe el Indio exclamó:

—¡Compadre! Aquí hay miles de dólares.

—Serán de la cuadrilla de Murell, que anduvo por aquí el último verano.

—Sí, tal vez sea cosa de ellos.

—Bueno, ahora ya no necesitarás dar aquel golpe, Joe. —El mestizo dejó oír una especie de gruñido.

—Tú no me conoces; no es solo el dinero lo que me empuja hacia ese condenado pueblo. Tengo allí cuentas que arreglar con tipos que estuvieron a punto de colgarme.

Un fulgor maligno brillaba en sus ojos.

—Necesitaré tu ayuda —agregó—. Por ahora vete a tu casa con tu mujer y tus chicos. Mañana haremos lo que corresponda, y luego a Texas, a pasarlo en grande.

El compinche de Joe corrió en busca del pico y la pala de los muchachos, que había visto en un rincón, para cavar un hoyo. Pero cuando Joe tuvo el pico en las manos, murmuró algo entre dientes.

—Eso no me gusta.

—¿Qué estás diciendo?

—Este pico tiene pegada tierra fresca. ¿Quién trajo aquí estas herramientas? *(Terror en el piso de arriba.)* ¿Dónde se ha metido el que las trajo?... Sería estúpido enterrar la caja aquí, para que luego vuelvan por sus cosas y vean el suelo removido. Será mejor llevarla a mi cobijo.

—Debía habérsenos ocurrido antes. ¿Elegimos el número uno?

—No, el dos, debajo de la cruz. El otro lugar es demasiado conocido.

—Bien; ya ha oscurecido bastante para irnos.

Joe el Indio atisbó a través de las ventanas. Después preguntó:

—¿Habrá alguien arriba?

Oír esto los muchachos y quedarse sin aliento, todo fue uno. Joe el Indio puso la mano sobre el cuchillo, se detuvo por un instante, indeciso, luego dio medio vuelta y se dirigió hacia la escalera. Los chicos se acordaron del camaranchón, pero se habían quedado sin fuerzas, desfallecidos. Los pasos del asesino hacían crujir la escalera... La insufrible angustia de la situación reavivó sus muertas energías, y estaban ya a punto de lanzarse hacia el cuartucho, cuando se oyó un chasquido y el derrumbamiento de maderas podridas. Joe el Indio se desplomó entre las ruinas de la escalera. Rápidamente se incorporó echando juramentos. Su compañero le dijo:

—¿De qué sirve todo eso? Si hay alguien allá arriba, que siga allí. Si quiere bajar para buscar camorra, ¿quién se lo impide? Antes de un cuarto de hora será de noche, y si le apetece seguirnos, que lo haga. Pienso que si nos echó la vista encima, seguro que debió tomarnos por fantasmas o demonios. Apuesto a que aún no ha acabado de correr.

Tras refunfuñar un rato, Joe convino con su amigo en que lo poco que todavía quedaba de claridad debía aprovecharse en preparar las cosas para la marcha. Poco después se deslizaron fuera de la casa, en la oscuridad cada vez más densa, y se encaminaron hacia el río, llevando la preciosa caja.

Tom y Huck se levantaron. La vida les volvió al cuerpo. Desde los resquicios del muro los siguieron con la vista. ¿Ir tras ellos? No se sentían con valor para tanto. Se contentaron con descender otra vez a tierra firme, cogiéndose como pudieron a los restos de la escalera, y tomaron la senda que llevaba al pueblo por la parte alta del monte.

Hablaron poco. La conciencia de su mala suerte, que les había hecho llevar el pico y la pala, sellaba sus labios por el momento. A no ser por aquellas herramientas, jamás hubiera sospechado Joe el Indio que alguien pudiera andar por aquel sitio, y allí hubiera escondido el oro y la plata hasta que, satisfecha su venganza, volviera a recogerlos. Entonces habría sufrido el desencanto al encontrarse con que el dinero había volado. ¡Qué mala suerte haber dejado allí las herramientas! Resolvieron mantenerse en acecho para cuando el falso español volviera al pueblo buscando la ocasión para arreglar cuentas con los que habían querido colgarlo. Entonces lo seguirían hasta el «número dos» y se vería lo que pasaba. Luego a Tom se le ocurrió una idea siniestra:

—¿Y si fuese a nosotros a quienes va a buscar para ajustar cuentas, Huck?

—¡No digas eso! —exclamó el chico, a punto de desmayarse.

Hablaron largamente de ello, pero al llegar al pueblo estaban de acuerdo en que Joe el Indio no podía pensar en dos infelices muchachos para cometer otra de sus fechorías.

Pero a Tom le quedaba una duda:

—Sin embargo, he sido yo quien ha declarado contra él.

Se le paralizaron los músculos. ¡Tal era el frío terrorífico que le invadió! Huck le golpeó la espalda.

—No tengas miedo, hombre. Son muchos los que se han metido con él.

CAPÍTULO XXVII

La aventura de aquel día perturbó el sueño de Tom. Cuatro veces tuvo en las manos el rico tesoro, y otras tantas se le evaporó entre los dedos. Cuando despabiló, ya de madrugada, recordaba los incidentes de la víspera y le parecían amortiguados y lejanos, como si hubieran tenido lugar en otro mundo o en un pasado remoto. Llegó a preguntarse si el magno suceso no habría sido un sueño. La cantidad de dinero que había visto era demasiado cuantiosa para ser real. Jamás habían pasado ante sus ojos cincuenta dólares juntos y, como todos los chicos de su edad y condición, se imaginaba que todas las alusiones a «cientos» y a «miles» no eran sino fantásticos modos de expresión y que no existían tales cantidades en el universo. Nunca había sospechado que cien dólares contantes pudieran hallarse en poder de un mortal. Si se hubieran analizado sus ideas sobre tesoros escondidos, se habría llegado a la conclusión de que consistían estos en un puñado de monedas reales y de un cúmulo de otras vagas, irreales.

Pero los incidentes de su aventura fueron destacándose en su mente, con mayor relieve, a fuerza de pasarles revista. Y así se fue inclinando a la opinión de que quizá aquello no fuera un sueño. Era preciso acabar con aquella incertidumbre. Tomaría un bocado y saldría en busca de Huck.

Lo encontró sentado en la borda de una chalana, abstraído, chapoteando los pies en el agua. Parecía triste. Tom decidió que fuera él quien hablase de los acontecimientos de la víspera. Si así no lo hacía, señal de que todo lo que Tom tenía en la cabeza no era otra cosa que resabios de una pesadilla.

—¡Hola, Huck!

—¡Hola!

Un silencio.

—Oye, Tom...

—Habla.

—De haber dejado las condenadas herramientas en el árbol seco, el dinero sería ahora nuestro. ¡Maldita sea!

—¡Ah! ¿Entonces no fue un sueño? Casi quisiera que lo hubiese sido. ¡Que me maten si no lo digo de verdad!

—¿De qué sueño hablas, Tom?

—De lo de ayer...

—¿Sueño? Si no llega a romperse la escalera, ya vería lo que nos iba a ocurrir. Me he pasado la noche teniendo presente a aquel maldito español corriendo detrás de mí. ¡Así lo ahorquen de una vez!

—No, nada de ahorcarlo. Lo que interesa es encontrarlo y descubrir dónde ha metido el dinero.

—Ya no tenemos nada que hacer, Tom. Una ocasión tan estupenda como esa solo se presenta una vez en la vida, y la hemos perdido. ¡El temblor que me iba a dar si volviera a aparecer Joe el Indio!

—También me sucedería a mí lo mismo; pero, a pesar de ello, quisiera verlo y seguirle los pasos hasta ese sitio que han llamado «número dos».

—Yo también he pensado en ello, pero no caigo en qué puede ser. ¿Qué crees tú?

—No lo sé; es extraño. ¿Será el número de una casa?

—No, Tom; si fuera eso, la casa no estaría en este pueblo pequeño, donde las casas no tienen número.

—Ya, ya. Déjame pensar. ¡Ah! ¿Y si fuera el número de la habitación de una posada o cosa así?...

—¡Hombre! Puedes haber dado en el clavo. En el pueblo hay dos posadas. Vamos a averiguarlo.

—Huck, sigue aquí hasta que yo vuelva.

Tom se alejó. No le agradaba que lo vieran en compañía de Huck, siempre tan desharrapado. Tardó una media hora en volver. Había averiguado que en la mejor posada el cuarto número dos estaba ocupado por un abogado, pero en la otra, la más modesta, el número dos era un misterio. El hijo del posadero le dijo a Tom que aquel cuarto permanecía siempre cerrado y nunca había visto entrar o salir a nadie de él, a no ser de noche. A veces sintió curiosidad por conocer al inquilino, pero no hasta el punto de meterse a acechar.

—Esto es todo lo que he descubierto, Huck. Creo que hemos dado en el número dos que buscamos.

—Me parece que sí... Y ahora, ¿qué podemos hacer?

—Déjame pensar.

Tras meditar un buen rato, Tom dijo:

—La puerta trasera es la que da a aquel callejón sin salida que hay entre la posada y el nido de ratas del almacén de ladrillo. Ahora vas a reunir todas las llaves de puertas que tienes a mano y yo cogeré las de mi tía, y en la primera noche oscura nos vamos allí e intentamos abrir la puerta.

—¿Y si se presentara alguno de los bandidos?

—Tú estarás al acecho de Joe el Indio. Recuerda que prometió volver al pueblo para vengarse.

—¡No me gusta nada eso de ir detrás de él, Tom!

—Siendo de noche, ¿qué peligro puedes correr?

—Bueno, la cosa no es de broma. Pero, en fin, si es por la noche y está oscuro, tal vez me atreva a seguirlo.

—A mí no me importaría hacer eso, Huck. Yo correré más peligro que tú.

—¿Por qué?

—Podría renunciar a su idea de vengarse y dirigirse a la posada para coger el dinero y largarse.

—Bueno, tienes razón... Lo he de seguir, aunque se hunda el mundo.

—Así se habla. No te ablandes, Huck; tampoco yo he de aflojar.

CAPÍTULO XXVIII

~

Aquella noche, Tom y Huck se aprestaron para la difícil empresa que debían acometer. Rondaron por las proximidades de la posada hasta después de las nueve, vigilando uno el callejón a distancia y el otro la puerta de la posada. Nadie se deslizó por el callejón, ni de la puerta de la posada salió persona que se pareciese al español.

La noche parecía serena, tranquila. Tom se marchó a su casa después de convenir con Huck que si la oscuridad se hacía más densa, fuera a buscarlo y maullara. Al oírle, bajaría en un periquete y probarían las llaves que habían reunido. Pero la noche continuó clara, y Huck abandonó la guardia para irse a dormir en un barril de azúcar, vacío, cuando eran cerca de las doce.

Ni el martes ni el miércoles tuvieron mejor suerte, pero la noche del jueves se mostró más propicia. Tom se evadió de su casa con una maltrecha linterna de latón y una toalla para envolverla. Escondió la linterna en el barril de azúcar de Huck y montaron la guardia. A las once y media de la noche la taberna se cerró, y sus luces, las únicas que por allí se veían, se apagaron.

No se había vuelto a ver al español. Nadie pasó por el callejón. Todo parecía presentarse propicio. La oscuridad era profunda y la quietud solo se interrumpía, de cuando en cuando, por el rumor de truenos lejanos.

Tom sacó la linterna, la encendió dentro del mismo barril, envolviéndola con la toalla, y los dos aventureros avanzaron en las tinieblas hacia la posada. Huck se quedó de centinela y Tom entró a tientas en el callejón. Siguió a esto un intervalo de ansiosa espera, que angustió a Huck. Anhelaba ver algún destello de la linterna de Tom. Eso lo alarmaría, pero al mismo tiempo sería señal de que el amigo vivía aún.

Le parecía que ya habían transcurrido varias horas desde que Tom desapareció. Quizá le hubiera dado un soponcio o estuviese muerto de puro miedo. Arrastrado por su ansiedad, Huck se iba acercando poco a poco al callejón, temiendo toda clase de espantables sucesos y esperando a cada segundo el estallido de una catástrofe. Apenas si respiraba y el corazón le latía como si fuera a rompérsele. De pronto hubo un destello de luz y Tom pasó ante él como una centella.

—¡Corre! —le dijo—. ¡Sálvate!

No necesitaba repetírselo. Huck se había lanzado a cuarenta millas por hora detrás de Tom. No se detuvieron hasta llegar bajo el cobertizo de un matadero abandonado, en las afueras del pueblo. Apenas llegados allí estalló la tormenta y empezó a llover a mares. Cuando Tom recobró el resuello, dijo:

—Ha sido cosa de espanto, Huck.

—Pero ¿por qué?

—Probé dos llaves con toda la suavidad que pude, pero rechinaban de tal modo que casi no podía tenerme en pie de miedo. Además, no daban vueltas en la cerradura... Entonces, sin saber lo que hacía, cogí el tirador de la puerta y... ¡se abrió! Entré de puntillas y tiré la toalla para ver mejor... ¡Dios de mi vida!

—¿Qué... pasó, Tom?

—Por poco le piso una mano a Joe el Indio.

—¿Cómo?

—Dormía como un leño en el suelo.

—¿Se despertó?

—No, solo se rebulló un poco. Creo que estaba borracho. No sé cómo atiné a recoger la toalla y salir disparado.

—Yo no hubiera reparado en la toalla, so tontaina...

—¿Qué hubiera dicho la tía si llego a perderla?

—¿Viste la caja del dinero?

—No me paré a mirar. Solo vi un vaso y una botella en el suelo, cerca de Joe. ¡Ah! Había barricas y muchas botellas... ¿Comprendes lo que pasa en aquel cuarto?

—No.

—Está encantado de whisky. Puede que en todas las posadas haya un cuarto así encantado.

—Tal vez. ¿Quién podía pensarlo?... Pero escucha, Tom. Esta es la mejor ocasión para coger la caja, si Joe el Indio está como una cuba...

—¿Tú crees?... ¿Por qué no haces la prueba?

Huck se estremeció.

—Bueno..., no sé si podría...

—Es un asunto peligroso, Huck —tras meditar un buen rato, Tom continuó diciendo—: Será mejor no volver a intentar entrar allí hasta que Joe salga de la posada.

—Pero ¿y si no sale?

—Hombre, alguna vez tendrá que hacerlo. No creo que se conforme con vivir encerrado, como en una cárcel, y con tanto dinero en su poder.

—Bueno. Yo me comprometo a estar de vigilancia todas las noches; tú harás la otra parte del trabajo.

—Entendido. Cuando me necesites, da un maullido y acudiré como un rayo. También puedes tirar una piedra a la ventana si estoy durmiendo.

—¡De primera!

—Ahora, Huck, ya ha pasado la tormenta; me voy a casa. Tú te quedas y vigilas todo el rato, ¿quieres?

—Bien. Dormiré de día y haré la guardia de noche.

—¿Dónde dormirás hoy?

—En el pajar de Ben Rogers. Ben me deja; también el padre, el negro tío Jake. Son buenas personas; les ayudo a acarrear agua y me dan siempre algo que comer.

—Bueno, Huck, si no te necesito durante el día, te dejaré dormir a pierna suelta. No te olvides de estar atento durante las noches.

CAPÍTULO XXIX

E n la mañana del viernes llegó a oídos de Tom una jubilosa noticia.

La familia del juez Thatcher había regresado al pueblo aquella noche. Tanto Joe el Indio como el tesoro pasaron enseguida a segundo término, y Becky ocupó el lugar preferente en el pensamiento del muchacho.

Después de verla, gozaron hasta hartarse jugando al escondite y a las cuatro esquinas con una bandada de chicos. Fue un día de felicidad, que tuvo digno remate al conseguir Becky de su madre que celebrase al día siguiente la merienda campestre tanto tiempo prometida y siempre aplazada; la mamá accedió. Si el gozo de la chica no tuvo límites, el de Tom no fue menor.

Al caer la tarde comenzaron a hacerse las invitaciones; instantáneamente cundió una fiebre de preparativos y de júbilo anticipado entre la chiquillería. Tom no pudo dormirse hasta muy tarde, y estaba todavía esperanzado de oír el maullido de Huck y poder, al día siguiente, deslumbrar con su tesoro a Becky y demás asistentes a la merienda, pero su esperanza quedó frustrada, pues no hubo maullido aquella noche.

Entre las diez y las once de la siguiente mañana, una alborotadora compañía se hallaba reunida delante de la casa del juez; todo parecía a punto para emprender la marcha. No era costumbre que las personas mayores

aguasen estas fiestas con su presencia. Se consideraba a los niños seguros bajo los ojos de unas cuantas señoritas de dieciocho años y unos caballeros de veintitrés. Había sido alquilada la vieja barcaza de vapor que servía para cruzar el río, y a poco la alegre comitiva, con su carga de cestos y paquetes, llenó la calle principal. Sid, que estaba malo, se quedó sin fiesta, y Mary tuvo también que quedarse en casa para hacerle compañía.

La última advertencia que la señora Thatcher hizo a Becky fue:

—Como no volveréis hasta muy tarde, quizá sea mejor que te quedes a pasar la noche con alguna de las chicas que viven cerca del embarcadero.

—Me quedaré con Susy Harper, mamá.

—Bien, pero ten cuidado y sé buena; no des molestias...

Ya en marcha, Tom dijo a Becky:

—Voy a decirte lo que he pensado: en vez de ir a casa de Joe Harper, subiremos al monte y entraremos en casa de la viuda de Douglas. Seguramente tendrá helados; los compra casi todos los días. Se alegrará de vernos.

—Sería divertido —comentó Becky—. Pero ¿qué va a decir mamá?

—No tiene necesidad de saberlo.

Becky reflexionó un momento.

—Me parece que no está bien —murmuró.

—No seas timorata; tu madre no lo ha de pensar siquiera, y así, ¿dónde está el mal? Lo que ella quiere es que te encuentres en lugar seguro; apuesto que te hubiera aconsejado ir allí si se le llega a ocurrir...

La generosidad de la viuda era un cebo tentador. Ello y las persuasiones de Tom ganaron la batalla. Quedó, pues, decidido no decir nada a nadie sobre este programa nocturno.

Después se le ocurrió a Tom que Huck pudiera hacer la señal durante aquella noche. Esta idea enfrió su entusiasmo, pero no hasta el punto de hacerle renunciar a los placeres de la mansión de la viuda. Después de todo —reflexionaba—, si durante la noche pasada no hubo maullido, ¿era acaso más probable que lo hubiera la noche siguiente? El placer cierto que le esperaba le atraía más que la inseguridad de poseer el tesoro, y, como niño que era, decidió dejarse llevar por su inclinación y no pensar en la caja del dinero de los bandidos durante el resto del día.

La barcaza se detuvo en la entrada de una frondosa ensenada, a unas tres millas del pueblo. Su alegre cargamento saltó a tierra y, en un instante, las frondas del bosque y los peñascales se llenaron de gritos y risas. Todos los procedimientos para alcanzar una pronta sofocación y cansancio se pusieron en práctica. Luego, los expedicionarios fueron regresando poco a poco al punto de reunión, poseídos de feroz apetito, y dio comienzo la destrucción de los gustosos comistrajos. Terminado el banquete, hubo un rato de charla y descanso bajo los corpulentos robles. Por último, alguien gritó:

—¿Quién quiere venir a la cueva?

Todos estaban dispuestos. Buscaron paquetes de bujías y, seguidamente, la alegre comitiva emprendió la marcha monte arriba.

La boca de la cueva era una abertura en forma de A situada en la ladera. Una recia puerta de roble estaba abierta.

Consistía la cueva en una pequeña cavidad, fría como una vivienda de esquimales, con sólidos muros de roca caliza y muy húmedos. Resultaba apasionante y misterioso contemplar desde aquella profundidad sombría el verde valle iluminado por el sol. Pero lo impresionante de la situación se disipó pronto y el alboroto estalló enseguida. Tan pronto uno encendía una vela, un grupo se lanzaba sobre él, dando comienzo a una movida escaramuza de ataque y defensa, hasta que la vela rodaba por el suelo y se apagaba entre grandes risas y nuevas repeticiones de la escena.

Alguien propuso subir la abrupta cuesta de la galería principal. La vacilante hilera de luces permitía ver los rugosos muros de roca hasta el punto en que se juntaban a unos veinte metros del suelo. Esta galería no tenía más que dos o tres metros de ancha. A cada trecho, otros túneles se abrían por ambos lados en forma de vasto laberinto de galerías, que se separaban unas de otras, volviéndose a juntar. Parecían no conducir a parte alguna. Era fama que uno podía vagar días y noches por aquella inmensa red de grietas y fisuras sin llegar al término de la cueva. La mayor parte de los muchachos conocía solo una mínima parte de aquel complicado dédalo y nunca se aventuraban a adentrarse profundamente en ellos.

Divididos en grupos, persiguiéndose y dando voces, los chiquillos, cansados, fueron llegando a la boca de la cueva, cubiertos de la cabeza a los pies de goterones de cera, salpicados de barro y encantados de lo que se habían divertido. Se quedaron sorprendidos de lo rápido que había pasado el tiempo y de que la noche se venía encima.

Desde hacía media hora la campana del barco no paraba de repiquetear llamándolos, pero aquel final de una jornada llena de aventuras les parecía cosa novelesca y, por consiguiente, muy satisfactoria. Cuando al fin el vaporcito, con su ruidoso cargamento, avanzó en la corriente, a nadie le importaba un comino por el tiempo perdido, excepto al capitán.

Huck estaba ya en acecho cuando las luces del barco aparecieron frente al muelle. No oyó ruido alguno a bordo, pues la gente joven se había sosegado por estar medio muerta de cansancio. Huck se preguntaba qué barco sería aquel y por qué no atracaba al muelle... Pero enseguida se desentendió de él para poner toda su atención en lo convenido con Tom.

La noche se estaba cubriendo de nubes y la oscuridad se hacía cada vez más densa. A las diez cesó el ruido de vehículos; luces dispersas empezaron a parpadear en la oscuridad. Los transeúntes rezagados desaparecieron, y la población, entregándose al sueño, dejó al pequeño vigilante a solas con el silencio y los fantasmas.

A las once se apagaron las luces de las tabernas; entonces todo quedó envuelto en tinieblas. Huck esperó un largo rato, pero no ocurrió nada. Su fe en el plan se debilitaba. ¿Por qué no desistir y marcharse a acostar?

En aquel preciso momento percibió un ligero ruido. La vigilada puerta de la calleja se abrió suavemente. De un salto, Huck se escondió en un rincón del almacén de ladrillos. Casi en el acto, dos hombres pasaron junto a él rozándolo; uno de ellos parecía llevar algo bajo el brazo. ¡Debía ser la codiciada caja del tesoro! Sería insensato pretender llamar en aquel momento a Tom. Sería mejor seguirlos, pegándose a sus talones. Confiaba en la oscuridad para no ser descubierto. Huck salió de su escondite y se deslizó tras ellos como un gato con sus pies desnudos, dejándoles la delantera necesaria para no perderlos de vista.

Caminaron un trecho por la calle frontera al río y luego se metieron en una transversal. Al llegar a la senda que conducía al monte Cardiff, dejaron detrás la casa del galés, a mitad de la subida del monte, y continuaron cuesta arriba.

—Seguramente —pensó Huck— van a enterrar la caja en la cantera abandonada.

Al llegar a la cumbre, los bandidos se internaron por un estrecho sendero cubierto de matorrales y, repentinamente, desaparecieron. Huck corrió para acortar la distancia, convencido de que ahora ya no podrían verlo ni oírlo. Luego, temiendo que se estuviera acercando demasiado, moderó el paso, conteniendo el aliento. Finalmente, se detuvo.

Ya no oía rumor alguno. El graznido de una lechuza llegó hasta él desde el otro lado del monte.

—¡Mal agüero! —pensó.

Estaba a punto de echarse a correr, cuando escuchó un carraspeo a pocos pasos de él.

El corazón se le subió a la garganta. Sin embargo, se quedó allí, tembloroso y tan débil, que temió desmayarse. Conocía bien aquel lugar; sabía que estaba a unos cinco pasos del portillo que conducía a la finca de la viuda de Douglas.

—Vaya —se dijo mentalmente—. Si la entierran aquí, no será difícil encontrarla.

Una voz, la de Joe el Indio, sonó en el silencio:

—¡Maldita mujer! Seguramente tiene visitas; la casa está llena de luces.

—Ya lo veo —dijo su acompañante.

Un escalofrío corrió por el cuerpo de Huck. Su primer impulso fue echar a correr; mas se acordó de que la viuda se había comportado siempre de manera generosa con él, y pensó que acaso aquellos dos bandidos iban a matarla. ¡Si se atreviera a prevenirla! Pero bien sabía que eso era imposible; podían verlo y atraparlo... Joe y su compinche seguían hablando:

—Quítate las matas de delante y verás bien la casa.

—¡Maldita sea! Tienes razón, debe haber gente en ella. ¿No sería mejor dejar la cosa para otro día?

—¿Y me lo dices cuando tengo que irme para siempre de este perro lugar? —replicó Joe, rechinando los dientes de rabia—. No perderé esta ocasión. El marido de esa mujer me trató de mala manera... Y sobre todo él fue el juez de paz que me condenó por vagabundo. Luego, no contento con eso, ¡el maldito me hizo azotar! Todo el pueblo me vio retorcerme de dolor. No, no la perdonaré. Quédate con la bolsa, si quieres, pero yo he de seguir adelante.

—Joe, no la mates; no hagas correr más sangre.

—¿Matarla? No, no tengo esa intención; otra cosa sería si viviera el canalla de su marido. Todo lo más que haré será rasgarle la nariz y cortarle las orejas, para que conserve este recuerdo mío toda su vida.

—¡Por Dios, Joe! Una cosa así no puede acabar bien.

—Guárdate tu opinión. La ataré a la cama.

—¿Y si se muriera de miedo o desangrada?

—Eso no será cuenta mía. Pero tú tienes que ayudarme. Para eso estás aquí y compartes conmigo los beneficios.

—¡Pero, Joe!

—Te mataré si te echas atrás. Y, en ese caso, también acabaré con ella, para que nadie sepa quién lo hizo.

—Bueno, si te empeñas... Pero conste que tengo muchísimo miedo.

—Ya se te pasará. Habrá que esperar a que la gente que hay en la casa se vaya o apaguen las luces.

Huck comprendió que la criminal acción que preparaba Joe el Indio iba a demorarse. Echó un pie atrás, con infinitas precauciones; después dio media vuelta y siguió retrocediendo. Una rama crujió bajo su pie. Sobresaltado, escuchó conteniendo la respiración. Pero no sucedió nada. La quietud era total y su agradecimiento a su suerte fue infinito. Luego prosiguió su retroceso entre los matorrales y anduvo más ligero, con menos cuidado. No se consideró seguro hasta llegar a la cantera. Allí echó a correr cuesta abajo, hasta la casa del galés. Aporreó la puerta y, al poco rato, las cabezas del viejo y de sus dos hijos mozos aparecieron en diferentes ventanas.

—¿Quién llama?

—Abran deprisa. ¡Lo diré todo!

—¿Quién eres?

—Huckleberry Finn.

—¿Huckleberry Finn? ¡Vaya personaje!... No creemos que tu nombre haga abrir muchas puertas.

—¡Chist, por Dios! Se trata de algo muy grave.

Y cuando estuvo dentro, jadeando, añadió:

—No digan que he estado aquí y he hablado.

—Pero ¿qué tienes que decir? —preguntó el galés.

—Se trata de la viuda. Siempre ha sido muy buena conmigo y no quiero que le pase nada malo...

—Bien, desembucha; no somos niños ni mujerzuelas. Sabremos callar si la cosa lo merece. ¿Quieres un sorbo de agua?

Antes de que transcurrieran cinco minutos, el viejo y sus dos hijos, bien armados, estaban en lo alto del monte y penetraban en el sendero de los matorrales con las armas preparadas. Huck los acompañó hasta allí, se agazapó tras un peñasco y se puso a escuchar, expectante.

Tras un breve silencio, una detonación cortó el silencio, seguida de un grito. Huck no esperó a saber detalles. Pegó un salto y se lanzó monte abajo, corriendo como una liebre.

CAPÍTULO XXX

C on las primeras luces del alba, en la madrugada del domingo, Huck subió vacilando por el monte y llamó suavemente a la puerta del galés.

Todos dormían en la casa, pero era un sueño que pendía de un hilo, a causa de los emocionantes sucesos de aquella noche.

Desde una de las ventanas preguntó una voz:

—¿Quién?

—Hagan el favor de abrir. Soy Huck Finn.

—Esta puerta siempre estará abierta para ti, muchacho. Bienvenido seas.

Eran palabras que jamás había escuchado el pequeño vagabundo.

Se abrió seguidamente la puerta, y tras ofrecerle asiento, el viejo y sus hijos terminaron de vestirse.

—Bueno, chico, esperamos que estés bien y que traigas una miaja de apetito. El desayuno estará listo antes de que asome el sol y te aseguramos que será de tu gusto. En cuanto a lo demás, tranquilízate; tanto yo como mis hijos esperábamos que hubieras venido a terminar la noche aquí.

—Salí corriendo, pues tenía muchísimo miedo —murmuró Huck—. Luego, cuando oí el primer disparo, corrí lo menos tres millas. Todavía se me para el corazón cuando pienso que, al venir aquí, podía haberme encontrado con aquel par de demonios.

—Bueno, tranquilízate; ahí tienes una cama para echarte después de desayunar.

—¿Están muertos?

—No, hijo, y bien que lo sentimos. Siguiendo tus indicaciones, nos acercamos a ellos sin meter ruido; pero de pronto me entraron ganas de echar un estornudo. ¡Perra suerte!... Al mismo tiempo que estornudaba, grité a mis hijos: «¡Fuego, muchachos!». Yo también hice fuego, pero los muy canallas escaparon como exhalaciones. Los seguimos, volviendo a disparar, mas no creo que los hayamos alcanzado. Cuando nos convencimos de que no podríamos darles caza, bajamos a informar a la policía. Se juntó una cuadrilla que comenzó a rastrear la orilla del río. Nada de resultado. Tan pronto amanezca, el *sheriff* volverá a registrar con su gente todos los rincones de aquel terreno. Lástima no saber dónde se alojan esos bribones; eso ayudaría mucho. ¿Les has visto alguna vez, Huck?

—Sí, en el pueblo, y los he seguido.

—¿Los conoces entonces? Dinos cómo son.

—Uno de ellos es un español muy viejo, con anteojos verdes, que se hace pasar por mudo; el otro tiene una mala traza...

—¡Basta! ¡Los conocemos! No hace muchos días me los encontré en el bosque, detrás de la finca de la viuda. Comprendí que no les gustaba que les hubiese echado la vista encima, y pronto desaparecieron... Pues id a contarle todo esto al *sheriff,* hijos. Ya tendréis tiempo de desayunar más tarde.

Los hijos del galés se marcharon rápidamente. Cuando salían de la habitación, Huck se puso en pie y exclamó:

—Por favor, no digan a *nadie* que fui yo quien dio el soplo. Joe el Indio es de los que no perdonan ni a su madre —suplicó Huck.

— De acuerdo, si no quieres no diremos nada, Huck; pero te tienen que dar las gracias por lo que has hecho.

—¡No, no! No digan nada.

Después de marcharse los dos zagalones, el galés dijo:

—Ni ellos ni yo diremos nada que pueda ponerte en peligro, muchacho. Pero ¿por qué no quieres que se sepa que gracias a ti se los ha descubierto?

Huck no se extendió en explicaciones, pues por aquello de que el miedo guarda la viña, comprendía que el tener la boca cerrada mientras Joe y su compinche anduviesen sueltos era una medida bien conveniente para él y para Tom.

El galés insistió:

—¿Cómo se te ocurrió sospechar de ellos y seguirlos hasta aquel sitio?

Huck trató de encontrar una respuesta adecuada. Finalmente, dijo:

—Pues como dicen por ahí que soy un chico malo, a veces me pongo a pensar en ello y no puedo dormir. Eso me pasaba anoche; así es que me lancé a la calle, y cuando estaba cerca del almacén de ladrillos, donde se encuentra la posada de Templanza, los dos prójimos pasaron cerca de mí, casi rozándome. Vi que llevaban una cosa bajo el brazo y sospeché que sería algo que habían robado. El uno iba fumando y el otro le pidió fuego. Se habían detenido cerca de mí; la lumbre de los cigarrillos les alumbró las caras. Los reconocí.

—Tienes buena vista, chico.

—Bueno, no era la primera vez que los veía.

—¿Qué ocurrió después?

—Pensando que maquinaban algo nada bueno, fui tras ellos hasta el Portillo de la finca de la viuda. Escondido cerca de donde estaban, oí que el harapiento le pedía al viejo que no hiciera daño a la señora de la casa. El otro juraba que le había de estropear la cara...

—Sigue —dijo el galés, viendo que Huck se interrumpía—. Me haces pensar que sabes más cosas de esos forajidos... ¿Estás seguro de que el viejo es el canalla de Joe el Indio?

—Sí, lo juro.

Tomando el desayuno siguió la conversación. El galés refirió que lo último que hicieron él y sus hijos antes de acostarse fue coger un farol y examinar el portillo y sus proximidades para descubrir manchas de sangre.

—No descubrimos ninguna; únicamente encontramos un lío.

—¿Qué contenía? —preguntó Huck.

Y se quedó mirando al galés con los ojos fijos, casi desorbitados, esperando ansiosamente su respuesta. El viejo se sobresaltó, y también le miró durante unos segundos con la misma fijeza. Luego informó:

—Herramientas de las que usan los ladrones para forzar puertas. Pero ¿qué te pasa, chico?

Huck se reclinó en el respaldo, jadeante, pero indeciblemente gozoso. El galés, tras un breve silencio, le dijo:

—Parece que te has quedado como lelo hasta saber lo que contenía el bulto. ¿Qué has pensado sobre ese bulto, Huck?

Bajo la escrutadora mirada del galés, el chico no sabía encontrar una contestación aceptable. El ojo zahorí del viejo iba penetrando más y más en su conciencia. Por fin, se le ocurrió esta respuesta absurda:

—Libros, tal vez; catecismos o cosas así...

El viejo soltó una ruidosa carcajada. Seguía sin explicarse la ansiedad y confusión de Huck.

—Me parece que no estás bien de la cabeza, muchacho. Será mejor que vuelvas a echarte y te duermas un par de horas. ¿Llevar libros esos dos forajidos? ¡Es para tumbarse de risa!

Huck estaba nervioso al comprobar que se había conducido como un asno dejando escapar su sospechosa ansiedad. Ya había desechado la idea de que el bulto sacado de la posada pudiera ser el famoso tesoro. En medio de todo se alegraba de lo sucedido, pues ahora sabía, sin posibilidad de duda, que lo que llevaban los bandidos no era el tesoro. Esta idea devolvía la tranquilidad y la esperanza a su espíritu. Le parecía que todo marchaba por buen camino. El tesoro debía estar todavía en el número dos. No había de terminar el día sin que aquellos hombres fueran apresados, y Tom y él podrían apoderarse de la vieja caja de las monedas de oro sin dificultad alguna y sin que nadie se mezclara en la operación.

En aquel preciso momento llamaron a la puerta. Huck se levantó de un salto para esconderse, pues no estaba dispuesto a que se le atribuyera ni la más remota relación con los sucesos de aquella noche. Al abrir el galés, se encontró delante de un grupo de damas y caballeros, entre las primeras la viuda de Douglas. De un vistazo notó que otros grupos subían la cuesta para examinar el portillo, señal de que la noticia de los disparos y la presencia de los bandidos había corrido ya por el pueblo y sus contornos.

El galés, tras hacerlos pasar, relató su intervención y la de sus hijos en los hechos que conocemos. La viuda no se cansaba de expresar su gratitud a los que la habían salvado.

El galés le contestó:

—No es a mí a quien debe estar agradecida, señora Douglas. Tenemos por aquí a otro que es quien merece toda su gratitud, pero no quiere darse a conocer ni decir su nombre.

Estas palabras despertaron tal curiosidad, que casi llegaron los presentes a olvidarse de los sucesos de la noche para poner su atención en lo que el galés revelaba. Le pidieron que descubriese su secreto, pero se negó en redondo, dejando que la bolsa de la curiosidad rodase por la comarca.

La viuda dijo:

—¿Por qué no me despertó usted? Antes de sonar los tiros me había quedado leyendo en la cama. Pensé que andaban por allí cazadores.

—No valía la pena alarmarla. Los dos bandidos habían escapado y a usted nada le sucedió, gracias a Dios.

No cesaban de llegar curiosos. Aquel día no había escuela dominical por vacaciones. Pero el pueblo y los que bajaban de la casa del galés se fueron amontonando delante de la iglesia, curiosos y excitados. Se sabía que aún no se había encontrado el menor rastro de los malhechores. Terminado el sermón, el juez Thatcher se acercó a la señora de Harper, que salía por el centro de la iglesia, entre la multitud.

—¿Es que mi Becky se va a pasar el día durmiendo?

Ya me figuraba que después de la excursión de ayer quedaría rendida.

—¿Becky? —preguntó con extrañeza la interrogada.

—¿Es que no pasó la noche en su casa?

—Pues..., no...

La esposa del juez palideció y se dejó caer sobre un banco en el momento en que pasaba tía Polly, acompañada de una vecina.

—Buenos días, señoras —les dijo—. Uno de mis chicos no ha aparecido esta mañana; me figuro que se ha quedado a dormir en casa de una de ustedes y que luego habrá tenido miedo de presentarse tarde en la iglesia. Ya le ajustaré las cuentas.

La señora Thatcher hizo un leve movimiento negativo con la cabeza y palideció un poco más.

—Pues no ha estado en casa —dijo la señora Harper.

La ansiedad contrajo el rostro de tía Polly.

—Joe Harper, ¿has visto a Tom esta mañana?

Joe se quedó pensativo. La verdad, no estaba seguro de haber visto a Tom. Mientras tanto, la gente que salía del templo se iba deteniendo. Se extendían los cuchicheos, comentando ahora la desaparición de algunos niños, y en todas las caras asomaba la preocupación y la intranquilidad. Los chicos y los instructores fueron ansiosamente interrogados. Todos decían no haber advertido si Tom y Becky estaban a bordo del vapor al regreso del festival campestre. Un muchacho dejó escapar su temor de que pudieran estar aún en la cueva. La madre de Becky se desmayó; tía Polly rompió a llorar.

La alarma corrió de grupo en grupo y de calle en calle, y antes de transcurridos cinco minutos, las campanas comenzaron a repicar, echando a todo el pueblo a la calle. Lo ocurrido en el monte Cardiff fue olvidado ante la noticia de la misteriosa desaparición de los niños. Se ensillaron caballos, se tripularon botes y fue requisada la barca. Pronto doscientos hombres buscaban a Becky y a Tom por el monte y río abajo hacia la caverna.

Durante la tarde el pueblo quedó como deshabitado, sumido en un silencio de duelo. Muchas vecinas visitaban a tía Polly y a la señora Thatcher para tratar de consolarlas, y lloraron con ellas, lo cual era más elocuente que todas las palabras que pudieran decirles.

El pueblo pasó la larga noche en espera de noticias, pero la única que se recibió al clarear el día fue que hacían falta más velas y que se enviaran comestibles para los exploradores de la caverna. La señora Thatcher y tía Polly parecían a punto de enloquecer. Desde la cueva, el juez les mandaba noticias para darles ánimos, pero ninguna era capaz de hacer brotar esperanzas en sus corazones.

Al comienzo de la tarde, grupos de hombres fatigados fueron llegando al pueblo, pero los más fuertes y animosos de los vecinos continuaban la búsqueda. Todo lo que se llegó a saber fue que en la cueva se registraban profundidades a las que hasta entonces nadie había osado descender; que no había hueco ni hendidura que no fueran minuciosamente examinados; que a cualquier lado que se fuese por entre el laberinto de galerías se movían luces que iban de un lado a otro, y los gritos y las detonaciones de pistolas repercutían por todas partes en los tenebrosos subterráneos. En un sitio que solía ser frecuentado por los turistas habían encontrado los nombres de Tom y Becky trazados con humo sobre la roca y, a poca distancia, un trozo de cinta manchado de sebo. La señora Thatcher, deshecha en lágrimas, había reconocido la cinta, y dijo que aquello sería el único recuerdo que tendría de su hija, por ser el último que Becky había dejado en el mundo antes de su horrible e inesperado fin.

También se contaba que, de cuando en cuando, en la lejanía se veían brillar débilmente destellos de luz, a los que se lanzaban tropeles de hombres, para sufrir inmediatamente el amargo desengaño de que no estaban allí los niños desaparecidos. Solo eran resplandores de las velas y linternas de otros exploradores.

Tres días y tres noches sucedieron a aquella tragedia. El pueblo fue cayendo en un sopor sin esperanza. Nadie tenía ya ánimos para nada. El descubrimiento casual de que el dueño de la posada de Templanza escondía licores casi no interesó a la gente. En un momento de lucidez, Huck llevó la conversación a recaer sobre posadas, y acabó por preguntar, temiendo vagamente lo peor, si se había encontrado algo, desde que él estaba enfermo, en la posada de Templanza.

—Sí —contestó la viuda.

El chico se incorporó con los ojos desorbitados.

—¿Qué? ¿Qué encontraron?

—Bebidas. Por ello han cerrado la posada. Vamos, hijo, vuelve a acostarte. ¡Me has asustado con la cara que has puesto!

—Dígame solo una cosa, por favor. ¿Fue Tom Sawyer quien encontró esas bebidas?

La viuda se echó a llorar.

—¡Calla! Ya te he dicho que no tienes que hablar. Estás maldito.

—Vamos, si solo han encontrado licores... —pensó Huck tranquilizándose—. Si se hubiera tratado del oro, la batahola que se habría armado en el pueblo sería fenomenal. El tesoro estaba perdido, perdido para siempre, pero ¿por qué lloraba ella?

La cosa resultaba extraña.

Estos pensamientos pasaron por la cabeza de Huck; la fatiga que le produjeron le hizo dormirse.

—¡Vaya! ¡Ya se ha dormido el infeliz! Pensar que fue Tom el que lo descubrió. ¡Lástima que ahora no puedan dar con él! Ya no va quedando nadie con ánimos para seguir rastreando.

CAPÍTULO XXXI

~

Volvamos a la cueva junto a Tom y Becky.

Mezclados con los demás excursionistas corretearon por los lóbregos subterráneos, visitando las consabidas maravillas, que tenían nombres un tanto enfáticos, como «el salón», «la catedral», «el palacio de Aladino», y otros por el estilo.

Después empezó la algazara y el juego del escondite. Becky y Tom tomaron parte con tal entusiasmo, que no tardaron en sentirse fatigados. Entonces se internaron por un sinuoso pasadizo, alzando las velas para leer la enmarañada confusión de nombres, fechas y direcciones que los rocosos muros ostentaban trazados con humo de velas. Charlando, siguieron adelante, y apenas se dieron cuenta de que habían llegado a una parte en la que los muros no presentaban ya inscripciones. Allí, bajo una roca saledíza, escribieron sus propios nombres, y prosiguieron su camino.

Poco después llegaron a un buque donde corría una diminuta corriente de agua, que caía desde una laja. Con el lento pasar del tiempo había formado una cascada de encajes y rizos. Tom se deslizó como un gato por detrás de aquellas formas encantadas para que Becky pudiera contemplarla con luz. Vio que ocultaba una especie de empinada escalera natural entre

la estrechez de dos muros, y al punto le entró el deseo de ser un descubridor. Becky decidió acompañarlo. Hicieron una mancha con el humo para servirles de guía al regreso, y emprendieron el avance. Fueron torciendo a derecha e izquierda, hundiéndose en las ignoradas profundidades de la caverna; luego hicieron otra señal, y tomaron por una ruta lateral, en busca de novedades que poder contar a los de arriba. A poco dieron con una gruta de cuyo techo pendían multitud de brillantes estalactitas. Sorprendidos y admirados con aquel espectáculo, dieron la vuelta a toda la cavidad. Desde allí fueron a parar a un maravilloso manantial, cuyo cauce aparecía incrustado entre fulgurantes cristales. El lugar era una amplia caverna, cuyo techo estaba sostenido por fantásticos pilares al unirse las estalactitas con las estalagmitas, obra de un incesante goteo de siglos. Grandes ristras de murciélagos se habían agrupado por miles en racimos. Asustados por las luces de las velas, empezaron a revolotear lanzando chillidos. Tom conocía las costumbres de aquellos animales y el peligro que podía sobrevenirles. Cogió a Becky de la mano y tiró de ella hacia la primera abertura que encontró, pero no lo hizo demasiado deprisa, pues un murciélago, de un aletazo, le apagó la vela que llevaba en la mano en el momento de salir de la caverna. Los murciélagos persiguieron a los chicos un gran trecho, pero los fugitivos se metían por todos los pasadizos, y al fin se vieron libres de aquella persecución. Poco después, Tom encontró un largo corredor. Quería explorarlo, pero pensó que sería mejor sentarse un rato a descansar. Fue entonces cuando la profunda quietud de aquel lugar se posó como una mano húmeda y fría sobre el ánimo de la pareja.

—No me he dado cuenta —murmuró Becky—, pero me parece que hace mucho tiempo que no oímos a los demás.

—Creo que nos encontramos más abajo que ellos, y no sé en qué dirección...

Becky mostró más inquietud.

—¿Cuánto tiempo hace que estamos aquí, Tom?

—Tal vez no mucho.

—¿Sabrás volver?

—¡Claro que sí!

—Me parece que nos hemos internado mucho. ¡Esos feos murciélagos me han dado tanto miedo!

—No pienses en ellos. Solo habrá peligro si se nos apagan las dos velas.

—Tengo miedo, Tom.

Durante largo rato caminaron en silencio por una galería, mirando por todas partes para ver si encontraban algún sitio que les fuera familiar. Cada vez que Tom se detenía a examinar el camino, Becky lo miraba con ansiedad. Él le decía para darle ánimos:

—¡Vaya! Todavía no hemos llegado al camino de vuelta, pero no tardaremos en encontrarlo.

Pero empezó a desconfiar de sí mismo. Se dio cuenta de que caminaban al azar, totalmente desorientados.

A poco, el miedo empezó a oprimirle el corazón. Becky se acercaba cada vez más a él, como si quisiera ser protegida.

—Tom —dijo finalmente—, no te importen los murciélagos. Volvamos por donde hemos venido. Parece que estamos cada vez más extraviados.

El chico se detuvo.

—Escucha —dijo.

Silencio absoluto. Hasta el rumor de sus respiraciones resaltaba en aquella quietud. Tom gritó. La llamada desencadenó una serie de ecos por aquellas profundidades hasta desvanecerse a lo lejos, con un rumor que parecía una risa burlona.

—¡Oh, Tom! ¡Cállate, por favor! —exclamó Becky, aterrorizada.

—No te asustes, Becky. De alguna manera tengo que llamarles la atención...

Y volvió a gritar.

Otra vez los ecos y la risa burlona. Los chicos se quedaron quietos, aguzando el oído. Todo inútil. Tom volvió sobre sus pasos, pero no podía dar con el camino exacto.

—Tom, ¿no hiciste ninguna señal por aquí?

—He sido un idiota. No pensé que pudiéramos perdernos. ¡Está esto tan enmarañado!

Becky se puso a llorar.

—¡Oh, Tom! ¡Estamos perdidos! ¿Por qué nos separaríamos tanto de los demás?

Se sentó en el suelo, cubriéndose la cara con las manos. Al verla sollozar, Tom se quedó anonadado ante la idea de que Becky pudiera morir. Se dejó caer a su lado y la rodeó con sus brazos. Él también tenía lágrimas en los ojos. Le prodigó palabras de consuelo, lanzando, de cuando en cuando, un grito y escuchando luego a ver si tenía respuesta. Pero su voz retumbaba lúgubremente en la vastedad del subterráneo, y se extinguía como una risa espectral.

Se insultó; se culpó de haberse metido en aquel horrible trance. Era tanta su desesperación que Becky sintió lástima, y le prometió que no lo perturbaría más con sus terrores y lo seguiría a donde quisiera llevarla.

Otra vez emprendieron la marcha al azar. Era lo único que podían hacer: andar sin pausa. Durante un breve rato la esperanza volvió a prender en sus corazones. Tom cogió la vela de Becky y la apagó. Comprendía que era preciso economizar luz. A él le quedaba la vela casi entera y tres o cuatro cabos en el bolsillo.

Procuraron dominar su cansancio, pues el tiempo valía mucho para ellos. Andar en cualquier dirección era, al fin, progresar.

Mas llegó un momento en que las piernas de Becky no pudieron ya sostenerla. Se dejó caer contra el muro de roca, y Tom se inclinó sobre ella. Hablaron del pueblo, de sus casas, de las camas tan cómodas que tenían en ellas. Tom trató de consolarla, pero sus palabras sonaban gastadas por el uso. Finalmente, la niña se durmió con la cabeza apoyada en las rodillas del chico.

Tom, rendido, dio unas cabezadas. Se sentía feliz y, al mismo tiempo, angustiado. A cada rato levantaba la vela para contemplar el rostro placentero de Becky. Dedujo que estaría soñando con algo agradable.

Pero aquello duró poco rato. Becky se despertó sacudida por un sollozo.

—¡Oh! ¡No comprendo cómo he podido dormirme!

—Estás muy cansada, Becky. Pero el sueño te ha hecho bien. Ahora, si quieres, volveremos a buscar el camino de salida.

—¿Crees que lo encontraremos?

—Ten valor.

Nuevamente se pusieron en marcha. Trataron de calcular el tiempo que llevaban en la cueva; mas todo lo que sabían era que parecían haber pasado allí días, quizá semanas... Sin embargo, todavía disponían de velas.

Pasado un buen rato, Tom dijo que debían caminar con el oído atento. Era esencial descubrir el rumor del manantial. Hallaron uno a poco trecho. Tom dijo que ya era hora de tomarse otro descanso. Estaban desfallecidos, pero Becky afirmó que aún podían seguir otro poco. Se sorprendió de que Tom no opinase así. Se sentaron, y Tom fijó la vela en el suelo con un poco de tierra húmeda. Por último, la chica dijo:

—Tengo mucha hambre.

Tom sacó algo del bolsillo.

—¿Te acuerdas de esto, Becky?

—Es nuestro pastel de bodas —dijo Becky sonriendo.

—Sí. ¡Lástima que no sea tan grande como una barrica, pues es lo único que tenemos!

—Lo separé de la merienda, como hace la gente con la tarta de bodas, pero ahora va a ser...

Dejó la frase sin terminar.

Tom dividió el trozo de pastel en dos partes y Becky comió con apetito la suya. Tom solo mordisqueó un poco de lo que le tocó. No les faltó agua fresca para completar el festín. Luego Becky dijo que podían ponerse en marcha. Tom guardó un rato de silencio, y respondió:

—¿Tendrás valor para oírme una cosa?

—Anda, habla.

—Debemos quedarnos aquí, donde hay agua para beber... El pedacito de vela que ahora nos ilumina es lo último que nos queda.

Becky estalló en llanto y en lamentaciones. Él hizo cuanto pudo para consolarla, pero esta vez fue en vano.

Después de un rato, Becky dijo:

—Pero ¿será posible que no nos echen de menos, que no nos busquen...?

—Claro que algo harán para encontrarnos... Notarán que no hemos desembarcado... y...

—Ya será de noche...

—Tu madre te echará de menos cuando todos estén de vuelta en el pueblo y no te vea con los demás.

—¡Mamá! ¡Mi pobre mamá!... Quiero volver a casa, Tom.

La angustia que Tom vio reflejarse en los ojos de Becky lo convenció de la tremenda falta que había cometido. La chica no podría pasar aquella noche en su casa. Una nueva explosión de llanto de Becky hizo comprender al muchacho que el mismo pensamiento que tenía en la mente había surgido también en la de su acompañante. Podría pasar muy bien casi toda la mañana del domingo sin que la madre descubriera que su hija no se encontraba en casa de los Harper.

Por algún tiempo, los dos extraviados permanecieron con los ojos fijos en el pedacito de vela, mirando cómo se consumía lenta e inexorablemente. Veía cómo la débil llama oscilaba, subía y bajaba, y finalmente la oscuridad absoluta.

Ninguno de los dos supo calcular el tiempo pasado desde que Becky volvió a recobrar un poco de serenidad, después de haber llorado y temblado en los brazos de Tom. Se encontraban como si salieran de un pesado sopor para seguir unidos en su angustia. Tom dijo que quizá fuese ya domingo, o tal vez lunes. Quiso que Becky hablase, pero la chica, aplastada por su pesadumbre, estaba anonadada. Tom le aseguró que, dado el tiempo transcurrido desde su desaparición, debían estar buscándolos. Volvería a gritar para atraer la atención de sus posibles salvadores, guiándoles hasta el lugar donde se encontraban. Hizo la prueba, pero su voz sonaba en aquellas oquedades de un modo tan siniestro, que no se atrevió a repetirla.

El hambre volvió a atormentarlos. Había quedado un poco de la parte de pastel que le tocó a Tom; lo repartieron entre los dos, pero se quedaron aún más hambrientos. Fue entonces cuando Tom dijo:

—¡Chist! ¿No oyes?

Escucharon conteniendo el aliento.

Hasta ellos llegó como un grito lejano y débil. Tom contestó al punto. Enseguida, cogiendo a Becky de la mano, echaron a andar por la galería.

Luego, deteniéndose, volvió a escuchar. Otra vez se oyó el mismo sonido, pero más próximo.

—¡Son ellos! —exclamó el chico—. ¡Vienen!... ¡Corramos!... ¡Estamos salvados!

Enloquecidos de alegría, avanzaban muy lentamente, porque abundaban los hoyos y despeñaderos y era preciso tomar precauciones. A poco volvieron a detenerse, tanteando el vacío. Aquella hendidura podía tener un metro de profundidad o treinta. Tom se echó de bruces, estirando el brazo cuanto podía, mas su mano no tocó fondo.

—¡Dios mío! —murmuró.

Tenían que quedarse allí a esperar a los que los buscaban. Escucharon, latiéndoles fuertemente el corazón.

No había duda de que los gritos se iban haciendo más y más remotos. Un momento después dejaron de oírse del todo. ¡Qué mortal desengaño! Tom gritó hasta enronquecer, pero todo fue inútil; nada volvió a oírse.

Regresaron hacia el manantial, tocando con las manos el muro rocoso.

El tiempo siguió pasando lenta y angustiosamente. Volvieron a dormirse y a despertarse cada vez más hambrientos y despavoridos. Tom se creía que ya debía ser martes por entonces.

Se le ocurrió lanzarse a la exploración de las galerías que se abrían por allí cerca. Más valía lanzarse por ellas en busca de la ansiada salida, que soportar ociosamente la torturante pesadumbre del tiempo. Sacó del bolsillo la cuerda de la cometa, la ató a un saliente de la roca, y los dos avanzaron a tientas mientras iban soltando el hilo.

A veinte pasos la galería acababa en un corte vertical. Tom se arrodilló y, estirando el brazo hacia abajo, palpó la cortadura; seguidamente se deslizó hacia el muro. Hizo un esfuerzo para alcanzar con la mano un poco más lejos y, en aquel momento, una mano sosteniendo una vela apareció por detrás de un peñasco. Tom lanzó un grito de alegría. Enseguida, a la tenue luz, surgió el cuerpo al cual pertenecía aquella mano.

Reconoció a Joe el Indio.

Se echó un poco hacia atrás y quedó paralizado. En el mismo instante el falso español desapareció de allí corriendo.

Tom no podía comprender cómo Joe no había reconocido su voz y no hubiera intentado matarlo por su delación ante el tribunal.

Sin duda los ecos habían desfigurado su voz. El susto le había aflojado todos los músculos del cuerpo. Se prometía que si le quedaban fuerzas bastantes para regresar al manantial, allí se quedaría con Becky, sin que nada lo tentase a correr el riesgo de encontrarse de nuevo con Joe. Nada dijo a Becky de lo que había visto, y solo le confesó que había gritado por probar suerte.

El hambre y la desventura acabarían, al fin, por sobreponerse al miedo. Otra larga espera en el manantial y otro prolongado sueño trajeron cambios. Los chicos se despertaron con un hambre rabiosa. Tom creía que ya sería por lo menos miércoles o jueves, o quizá viernes o sábado. Propuso explorar otra galería, decidido a afrontar cualquier peligro, incluso un encuentro cara a cara con Joe el Indio. Pero Becky, muy débil, se había sumido en una mortal apatía. Dijo que quería esperar la muerte allí donde estaba. Tom podía explorar con la cuerda de la cometa si quería, pero le suplicaba que volviera de cuando en cuando para hablarle. También le hizo prometer que, cuando llegase el momento terrible, no se movería ya de su lado y la tendría cogida de la mano hasta que todo terminase.

Tom, sintiéndose ahogado por la pena, la besó varias veces, insistiendo en que tenía esperanzas de encontrar a los buscadores o dar con la salida de la cueva. Y llevando la cuerda en la mano empezó a gatear por otra de las galerías, martirizado por el hambre y por la idea de un fatal desenlace.

CAPÍTULO XXXII

F uera había transcurrido la tarde del martes y llegado el crepúsculo. El pueblo guardaba todavía un fúnebre recogimiento en memoria de los niños perdidos. Se habían hecho rogativas públicas y privadas, poniendo los que las hacían su corazón en las plegarias. Pero ninguna buena noticia llegaba de la cueva. La mayor parte de los exploradores habían abandonado la búsqueda desalentados, para reintegrarse a sus ocupaciones.

La madre de Becky estaba gravemente enferma y deliraba. Decían que desgarraba el corazón oírla llamar a su hija y quedarse escuchando, para volver a hundir la cabeza entre las sábanas y prorrumpir en sollozos. Tía Polly había caído en una terrible melancolía, y sus cabellos grises se habían tornado blancos por completo.

—No le veré más —murmuraba, oprimida por la angustia.

Más tarde, un frenético repiquetear de campanas puso en conmoción a todo el vecindario. En un instante las calles se llenaron de gentes alborozadas, a medio vestir, que gritaban:

—¡Arriba! ¡Arriba! ¡Ya han aparecido!... ¡Los han encontrado!

Cuernos y sartenes añadieron su estrépito al júbilo general. El vecindario fue formando grupos que se encaminaban hacia el río. Los niños aparecieron en un coche descubierto, rodeados por la multitud que los aclamaba. La comitiva entró por la calle principal lanzando hurras entusiastas.

De manera instantánea, el pueblo quedó iluminado; nadie quiso volverse a la cama; todos tenían conciencia de estar viviendo los más memorables momentos de aquel apartado lugar. Durante más de media hora una procesión de vecinos desfiló por la casa del juez Thatcher, abrazando y besando a los recién encontrados. La señora Thatcher trató de hablar, pero la emoción solo le permitió extraer sonidos incomprensibles de su garganta.

En cuanto a tía Polly, su dicha no podía ser más completa.

Tom, tendido en un sofá y rodeado de un impaciente auditorio, contó la historia de la emocionante aventura, adornándola con detalles fantásticos que se le venían en tropel a la memoria, terminándola con el relato de cómo recorrió dos galerías, hasta donde se lo permitió la longitud de la cuerda... Ya estaba a punto de volverse atrás, cuando divisó un puntito lejano, que le parecía luz diurna. Entonces, abandonando la cuerda se arrastró hasta allí, sacando la cabeza y los hombros por un angosto agujero. ¡Oh, felicidad! Vio el ancho Misisipí deslizarse mansamente a su lado. Rápidamente volvió junto a Becky para darle la gran noticia. Ella le dijo que no la mortificase con aquellas cosas, pues estaba cansada y deseaba morir. Pero cuando la arrastró hasta donde pudo ver el remoto puntito de azulada claridad, la niña se reanimó y siguió andando junto a él, todavía sin creer en la posibilidad de salvarse.

Ya fuera del agujero, a la orilla del río, ambos lloraron de gozo. A poco llegaron dos hombres en un bote. Les dijeron que estaban a cinco millas de la entrada de la cueva. Enseguida los recogieron en el bote y los llevaron a una casa donde les dieron de cenar, permitiéndoles dormir tres horas. Finalmente, los llevaron al pueblo.

Todavía quedaban hombres en la cueva, entre ellos el juez Thatcher. Por medio de los cordeles que habían seguido tendiendo para servirles de guía, les fue comunicada la gran noticia.

Los tres días y tres noches de hambre y fatigas no eran cosa baladí, según pudieron comprobar Tom y Becky. Estuvieron postrados durante dos días y cada vez parecían más cansados y desfallecidos. Tom pudo levantarse un poco el jueves, el viernes salió un rato a la calle y el sábado estaba como nuevo. Becky tuvo que seguir en cama tres días más y, cuando se levantó, parecía que había salido de una larga y grave enfermedad.

Al enterarse Tom de que Huck estaba enfermo, corrió a verlo, pero no le dejaron entrar en la habitación del enfermo durante tres días. Al fin, cuando le dejaron acercarse a él, le advirtieron que nada debía decir de la aventura de la cueva ni hablar de cosa que pudiera excitarlo. La viuda de Douglas estuvo presente en las entrevistas para comprobar que se cumplían los preceptos. Tom supo en su casa el acontecimiento del monte Cardiff y también que el cadáver del hombre harapiento, compañero de Joe, había sido encontrado junto al embarcadero. Debía haberse ahogado mientras intentaba escapar.

Un par de semanas después, Tom subió a casa de la viuda para volver a visitar a Huck. Gracias a los cuidados de esta, se hallaba ya suficientemente restablecido para oír hablar de cualquier tema. Tom sabía de algunos que tendrían que interesarle mucho. La casa del juez Thatcher le cogía de camino, y Tom se detuvo allí para ver a Becky. El juez y alguno de sus amigos le hicieron hablar, y uno de ellos le preguntó, irónicamente, si le gustaría volver a la cueva. El chico dijo que no tendría ningún inconveniente en ello.

—Mira —le dijo el juez—, seguramente no serás tú el único, pero no queremos que nadie vuelva a perderse en aquel lugar.

—¿Por qué, señor Thatcher?

—Hace dos semanas que hice recubrir la entrada con chapa de hierro y ponerle tres cerraduras. Yo me he quedado con las llaves.

Tom se quedó blanco.

—¿Qué te sucede, muchacho? Parece que vas a desmayarte. Por favor, traigan agua.

Le rociaron la cara.

—Ya estás mejor, Tom. ¿Por qué casi te desvaneces al oírme decir aquello de la entrada de la cueva?

—Señor juez, ¡Joe el Indio está allí!

CAPÍTULO XXXIII

En pocos minutos esta noticia se esparció por el pueblo. Una docena de botes se pusieron en marcha, escoltados por el vaporcito repleto de gente armada.

A Tom le tocó ir en el mismo bote que al juez. Al abrir la puerta de la cueva, una escena lastimosa se presentó a la vista. Joe el Indio yacía sin vida en el suelo, con la cara pegada a la juntura de la puerta, como si sus ojos anhelantes hubieran estado fijos hasta el último momento en la luz y la libertad del mundo exterior. Tom se sintió conmovido; sabía por experiencia cuál había sido el sufrimiento de aquel malhechor. Sintió compasión por él, pero al mismo tiempo una agradable sensación de descanso y seguridad, que le hacía ver —pues hasta entonces no había sabido apreciarlo— la horrible pesadumbre del miedo que le agobiaba desde el instante en que había denunciado a aquel sanguinario sujeto.

Junto a Joe estaba su cuchillo con la hoja rota. La viga que servía de base a la puerta había sido cortada, astilla por astilla, con infinito trabajo para tratar de abrirse paso hacia la libertad. De todos modos, Joe estaba destinado a perecer, pues aun consiguiendo cortar del todo la viga, su cuerpo no hubiese podido pasar por debajo de la puerta, entre esta y el umbral de roca.

El prisionero, en su afán de sobrevivir, hasta se había comido los restos de las velas dejadas entre los intersticios de las paredes por los excursionistas que penetraban en la cueva. También había logrado cazar algunos murciélagos, que devoró sin dejar de ellos más que las uñas. No cabía duda que había muerto de hambre.

Joe el Indio fue enterrado cerca de la boca de la cueva; la gente acudió en masa desde el pueblo y todos los caseríos y granjas de los alrededores. Trajeron con ellos a sus hijos y provisiones de boca. Ya que no se habían dado el gusto de verlo ahorcar, ahora celebraban su muerte y enterramiento, con lo cual cesaba el terror que aquel personaje les había inspirado, afortunadamente para siempre, y la comarca recobraba su paz.

Al siguiente día del entierro, Tom se llevó a Huck a un lugar solitario para tratar con él de graves problemas. Ya para entonces la viuda de Douglas y el galés habían enterado a Huck de todo lo concerniente a la aventura de Tom; pero este hizo hincapié que debía haber una cosa acerca de la cual nada le habían dicho, y de ella precisamente quería tratar ahora con su amigo.

A Huck se le ensombreció la cara.

—Sé de lo que se trata —dijo—. Tú fuiste al número dos y no encontraste allí más que el whisky. Nadie me había dicho que te metiste en eso, pero yo lo comprendí al oír hablar del whisky. Quedé convencido de que no habías cogido el dinero, pues de haberte apoderado del tesoro, a quien primero se lo hubieras dicho sería a mí. ¿Fue así?

—Nada dije al dueño de las posada; nada había ocurrido tampoco cuando me fui a la merienda para estar con Becky. ¿Te acuerdas que te tocaba estar de centinela aquella noche?

—Sí, es verdad. Parece que todo eso ha pasado hace años... Aquella noche seguí a Joe el Indio hasta la casa de la viuda.

—¿Así que te atreviste a ir tras él?

—Sí, pero no hables con nadie de eso. Joe el Indio puede tener amigos; si saben que estuvimos metidos en el asunto del tesoro, pueden venir contra nosotros...

—Pero ¿cómo te las arreglaste para impedirle asaltar la casa de la viuda de Douglas?

—Avisando al galés.

—¿Dónde habría ido a parar el dinero?

—¡Qué se yo! Quizá se lo ha llevado el mismo que fue allí a por el whisky.

—Huck, el dinero nunca estuvo en el número dos.

—¡Cómo! —exclamó Huck, examinando ansiosamente la cara de su compañero—. ¿Es que tienes alguna pista?

—¡El tesoro está en la cueva!

—Tom, ¿hablas en serio?

—En serio, Huck.

—No puedo creerte.

—¿Te atreves a acompañarme a la cueva y ayudarme a sacarlo?

—¡Claro que sí!

—Pues andando.

—Pero ¿podremos llegar hasta el sitio sin perdernos en aquellas galerías?

—Creo que lo lograremos.

—¿Estás bastante fuerte?

—Me tengo bien en pie.

—Dicen que hay cinco millas que recorrer por un camino que hiciera otro que no fuese yo. Pero hay un atajo, Huck, y yo te conduciré por él. Tomaremos un bote; me comprometo a traerte de vuelta remando.

—Siendo así, vámonos enseguida, Tom.

—Antes hemos de buscar un poco de comida, las pipas, un par de saquitos y cuerdas de cometa para ir dejando una señal en las galerías.

—¿Y velas?

—Sí; necesitaremos velas y fósforos. No podríamos hacer nada en la oscuridad.

Poco después de mediodía los muchachos subieron a un pequeño bote, que pertenecía a un vecino ausente del pueblo, y emprendieron la excursión.

Cuando estaban algunas millas más abajo del barranco de la cueva, Tom dijo:

—Ahora estamos a un tiro de piedra del barranco de la cueva. No se ven casas, serrerías ni nada; solo matorrales. ¿Divisas aquel espacio blanco cerca del socavón?

—Sí.

—Es una de mis señales. Desembarquemos.

De un salto se encontraron sobre la orilla.

—Fíjate, Huck. Desde donde estás podrías alcanzar el agujero con una caña de pescar. A ver si puedes dar con él.

Huck se puso a buscar por los alrededores; pero nada encontró. Tom, con aire de triunfo, se internó en los matorrales.

—¡Aquí está! —gritó poco después.

Huck se precipitó hacia él.

—Míralo, muchacho. Es el agujero mejor escondido de todo el país. No se lo digas a nadie. Siempre he deseado ser un bandolero, pero sabía que necesitaba una cosa como esta; la dificultad estaba en encontrarla. Ahora ya la tenemos y hay que guardar el secreto. Solo se lo revelaremos a Joe Harper y a Ben Rogers. Con ellos formaremos una cuadrilla, la de Tom Sawyer. ¿Verdad que suena bien?

—Sí, me gusta. Pero ¿a quién vamos a robar?

—A todo el que se pueda. También secuestraremos gente.

—¿Y hemos de matar?

—Eso sería propio de asesinos. Nosotros seremos bandidos caballeros.

—¿Entonces?

—Los encerraremos en la cueva y pediremos rescate.

—¿Qué es rescate?

—Exigir dinero a cambio de su libertad.

—¿Y si no te dan dinero?

Tom pareció vacilar.

—Habla —le apremió Huck.

—Entonces seremos generosos con las mujeres, poniéndolas en libertad, pero a los hombres...

—¿Qué hacer con ellos?

—Con amenazas siempre aflojarán la bolsa. Eso cuentan los libros. También dicen que las mujeres, muchas veces, se enamoran de sus secuestradores si estos saben tratarlas finamente.

—Me parece que la cosa resultará mejor que ser pirata.

—Sí; se está más cerca de casa, de los circos que vengan por el pueblo, de la familia y los amigos.

Yendo Tom delante, los dos muchachos penetraron por el boquete. Trabajosamente llegaron hasta el final de un túnel. Atando las cuerdas, siguieron adelante hasta llegar al manantial. Allí Tom sintió un escalofrío y enseñó a su compañero un trocito de mecha de la vela que había alumbrado las últimas horas, las más desesperantes, de Becky y de él.

El silencio y la oscuridad de aquel lugar sobrecogían sus espíritus. Después se deslizaron por otra galería hasta llegar al borde cortado a pico. A la luz de la vela, Tom descubrió que no era un despeñadero, sino un declive de arcilla de unos siete a diez metros de profundidad. Dijo a Huck:

—Estírate cuanto puedas para ver al otro lado de esa esquina. ¿Qué ves?

—Me parece una cruz negra.

—Sí, la pinté con humo de vela cuando creí que Becky y yo no podríamos salir de este endemoniado sitio.

—Vámonos de aquí, Tom —dijo Huck con voz trémula.

—Pero ¿y el tesoro?

—Me parece que el ánima de Joe el Indio anda por aquí...

—No seas miedoso. Si el ánima del bandido anda suelta, se encontrará en la entrada de la cueva, en el sitio donde murió el asesino...

—Tom, te digo que los dólares les gustan a los fantasmas.

Tom sentía frío en los huesos, pues empezaba a pensar que Huck podía tener razón. Pero, de pronto, se le ocurrió una idea.

—No seamos tontos, Huck. El espíritu de Joe no puede acercarse al sitio donde hay una cruz.

Esta declaración produjo su efecto.

—Sí, seguramente tienes razón, chico. Bajaremos y nos pondremos a buscar la caja.

Tom fue el primero en poner manos a la obra, cavando huecos en la arcilla para que les sirviera de peldaños. Huck le ayudaba afanosamente.

Cuatro galerías se abrían en el sitio donde estaba la roca grande. Los chicos recorrieron tres de ellas sin resultado. Al fin, en la más próxima a la base de la roca, encontraron un escondrijo bajo unas mantas. Había además en aquel lugar unos tirantes viejos, unas cortezas de tocino y los huesos de unas gallinas. Pero no hallaron ninguna caja con dinero. Buscaron y rebuscaron en vano.

—Sin embargo, por aquí debe de estar. Él dijo «bajo la cruz». No creo que pudiera esconder la caja debajo de la roca, pues no tenía espacio para ello.

Nuevamente volvieron a rebuscar por todas partes y al fin, desalentados, se sentaron. A Huck no se le ocurría ninguna idea.

Por fin, Tom hizo un descubrimiento:

—Fíjate, Huck. ¿Ves esos goterones de vela y esas marcas de pisadas en el barro por el lado de esta peña? Alguien debe de haber andado por ahí. Cavemos debajo de la peña, por ese lado.

—Tal vez tengas razón —dijo Huck, reanimándose.

La navaja Barlow de Tom se hundió en la arcilla; no había ahondado cuatro pulgadas, cuando tocó en madera.

—¡Huck! —gritó—. ¿Oyes?

Este ya se había echado al suelo para escarbar con furia. Aparecieron unas tablas llenas de humedad y las levantaron. Ocultaban la entrada de un subterráneo que se prolongaba por debajo de la roca. Tom se lanzó dentro, alumbrándose con la vela. Huck se fue tras él. Miraban a derecha e izquierda, a la luz vacilante del cabo de vela. De pronto, decididamente, Tom dobló una curva y exclamó:

—¡Mira aquí, Huck!

Ante los ojos de los chicos apareció la caja del tesoro colocada en una hendidura. Junto a ella había un barril de pólvora, dos fusiles con fundas de cuero, dos o tres pares de mocasines deteriorados, un cinturón y algunas otras prendas astrosas.

—¡Lo tenemos! —gritó Huck, levantando la tapa de la caja y hundiendo las manos en las frías y humedecidas monedas.

—Siempre pensé que acabaríamos siendo ricos —dijo Tom—. ¡Ea, ayúdame a llevar esta caja afuera!

Pesaba más de veinte kilos.

Tom no podía levantarla por sí solo.

—He hecho bien en traer unas talegas —dijo.

En un momento volcaron el dinero en los sacos y los subieron hasta el lugar de la roca donde estaba pintada la cruz con negro de humo.

Tras infinitos esfuerzos, llegaron a la superficie, entre los matorrales.

—¡Huck, somos ricos!

—Ya lo sé.

—Ahora vamos a buscar los fusiles y todo lo demás —dijo Huck.

—No, Huck... es mejor dejarlo ahí. Es justo lo que nos hace falta cuando nos hagamos bandoleros. Los guardaremos allí siempre y también celebraremos allí las orgías. Es un sitio realmente fantástico para orgías.

—¿Qué son orgías?

—No lo sé. Pero los ladrones siempre celebran orgías y, por supuesto, nosotros tenemos que celebrarlas también. Ven, Huck, ya llevamos mucho rato aquí dentro. Supongo que se ha hecho tarde. Además, tengo hambre. Vamos a comer y fumar en cuanto lleguemos al esquife.

Al poco rato salían por entre los arbustos de zumaque, miraban hacia fuera cautelosamente y, al cerciorarse de que no había nadie por allí, bajaron hasta el esquife para comer y fumar. Mientras el sol se ponía por el horizonte, desatracaron y se pusieron en marcha. Tom iba remando próximo a la orilla, charlando alegremente con Huck, mientras anochecía lentamente; desembarcaron poco después de oscurecido.

—Pero tendremos que esconder este dinero para que no nos lo quiten. ¿Qué te parece si lo metemos en la leñera de la viuda? Para hacer más fácil el transporte puedo traer el carrito de manos de Bonny Taylor.

—¡Estupendo, chico!

Cuando llegaron con el carro cerca de la casa del galés, se detuvieron un instante para descansar. Se disponían a seguir su camino, cuando aquel apareció en la puerta.

—¿Quién anda por ahí? —preguntó.

—Huck y Tom Sawyer.

—¡Demonios de chicos! ¿No sabéis que en el pueblo todos os están esperando? Venid conmigo; os llevaré en el carro. Pero ¿qué lleváis ahí, ladrillos o hierro viejo?

La caja iba cubierta con los trapos que habían recogido en la cueva.

—Chatarra, señor —dijo Tom.

—Los muchachos perdéis más tiempo en recoger esas porquerías, por las que os darán dos perras, que aprendiendo en la escuela o trabajando en cosas de provecho. Vamos, subid. Yo tiraré del carro para llegar al pueblo cuanto antes.

Los chicos no comprendían por qué el galés tenía tanta prisa en conducirlos al pueblo.

Al divisar la casa de la viuda, el galés dijo:

—Entremos allí un momento; la buena señora se alegrará de veros.

Tom y Huck se miraron con desconfianza.

—¿Por qué no seguir hasta el pueblo, señor?

—¿Es que no queréis ver a la señora que hizo tanto por Huck?

En un instante, los dos chicos se encontraron en el saloncito de recibir de la señora Jones.

Su sorpresa fue inmensa al ver que el lugar estaba espléndidamente iluminado y lleno de la gente más importante del pueblo: los Thatcher, los Harper, los Rogers, tía Polly, Sid, Mary, el pastor, el director del periódico local y muchas personas más, todas bien vestidas.

Los muchachos fueron recibidos por la dueña de la casa con tanta amabilidad como hubieran podido demostrar unos desprevenidos ante dos seres de aquellas trazas. Estaban cubiertos de barro y de sebo y sus rostros aparecían tiznados como si acabaran de salir de una mina de carbón. La vergüenza coloreó el rostro de tía Polly, que, frunciendo el ceño, hizo señas amenazadoras a Tom. Pero nadie sufrió tanto, sin embargo, como los dos chicos.

—No tuve necesidad de ir muy lejos para encontrarlos —informó el galés—. Precisamente pasaban por delante de mi puerta cuando me disponía a salir a buscarlos.

—Tuvo usted suerte —respondió la viuda.

Y añadió, dirigiéndose a Huck y Tom:

—Venid conmigo.

Se los llevó a su alcoba.

—Después de lavaros —añadió—, os pondréis estos trajes, camisas y calcetines nuevos. Míster Jones los compró para Huck, pero podéis utilizarlos los dos; os vendrán bien. Daos prisa; os esperamos en la sala.

Y salió, dejándolos con los ojos desmesuradamente abiertos por el asombro.

CAPÍTULO XXXIV

—Yo no pienso bajar, Tom —dijo Huck.

—¿Por qué?

—No me encontraré a gusto entre tanta gente emperifollada. ¿No habrá aquí una soga para descolgarnos por la ventana?

Pero en aquel momento apareció Sid.

—Tom —dijo—, la tía te estuvo esperando toda la tarde con el traje de los domingos preparado sobre la cama. Todos rabiaban por tu tardanza. ¿Cómo estás tan manchado de sebo y barro?

—No te metas en lo que no te importa, Sid. ¿Qué hacen aquí todas esas gentes vestidas como para ir a una boda?

—Es una fiesta de la viuda en honor de míster Jones y sus hijos, a causa de haberla salvado de lo de la otra noche. Y puedo decirte más.

—Habla.

—Míster Jones quiere revelar un secreto, pero necesita que Huck esté aquí.

—¿Qué secreto, Sid?

—El coraje de Huck siguiendo a los ladrones hasta aquí. Me parece que míster Jones no va a sorprender tanto como espera.

—¿Por qué?

—Hay gentes que ya saben muchas cosas...

—Sid, puede que así sea, pero tú no tendrías nunca el valor que demostró Huck siguiendo a aquellos bandidos. Solo de verlos te hubieras muerto. Para que cierres la boca, toma...

Y sacudió a Sid un par de bofetadas, empujándolo hasta la puerta.

—Vamos, sal de aquí, charlatán, y cuéntale todo a la tía si te parece... Mañana ajustaré cuentas contigo.

Los invitados de la viuda se sentaron a la mesa para cenar. Los chiquillos fueron acomodados en mesitas bajas, según era moda en aquel lugar y en aquel tiempo. En el momento oportuno, míster Jones pronunció un discursito en el que agradeció a la viuda el honor dispensado a él y a sus hijos, pero hizo resaltar que había otra persona cuya modestia...

Entonces aludió a Huck, que parecía querer esfumarse dentro de su traje nuevo, bajo las miradas de sorpresa y curiosidad de los presentes. La viuda puso bien de manifiesto su asombro, disparando tanta admiración y gratitud sobre la cabeza del pequeño vagabundo, que este dejó de sentir la incomodidad de la ropa nueva y sus ojos se llenaron de lagrimones.

Añadió la viuda que tenía decidido albergar a Huck bajo su techo y darle una educación esmerada que lo pusiera en camino de ganarse la vida, aunque fuera modestamente.

Tom vio caer del cielo la gran ocasión y no quiso desaprovecharla. Gritó:

—Huck no necesita que lo protejan. ¡Es rico!

El miedo a faltar a la etiqueta impidió que todos estallasen en una carcajada ante semejante afirmación.

—¡Os lo demostraré! —exclamó Tom.

Salió corriendo del comedor.

Perplejos y curiosos, los invitados se miraron unos a otros, sin comprender el sentido que pudiera tener la broma de Tom Sawyer.

—Sid, ¿qué le pasa a Tom? —preguntó tía Polly.

Antes de que el interrogado pudiera dominar su balbuceante lengua, Tom reapareció abrumado bajo el peso de los dos sacos. Al ponerlos sobre la mesa, montones de monedas amarillas rodaron sobre el mantel y se desparramaron por el suelo.

—La mitad de este dinero es de Huck y la otra mía —dijo jadeando.

El espectáculo selló todos los labios. Durante un rato nadie pudo articular palabra, y, de pronto, una tempestad de preguntas y gritos de admiración estalló en el comedor. Míster Jones acabó por decir:

—Les había reunido aquí para darles una sorpresa, pero es este chico, Tom Sawyer, quien se lleva la palma.

El dinero fue contado. Ascendía a más de doce mil dólares. Ninguno de los presentes había visto una cantidad tan enorme de dinero, aunque algunos poseían mayor valor en propiedades.

CAPÍTULO XXXV

Como es de suponer, la inesperada fortuna de Tom y Huck causó una gran conmoción en aquel pobre lugarejo que era San Petersburgo. Aquella cuantiosa suma, toda en dinero contante y sonante, parecía cosa increíble. Se habló y soñó con ella, se la magnificó hasta que la insana excitación llegó a perturbar la cabeza de más de un vecino. Todas las supuestas casas encantadas de la localidad y de los pueblos vecinos fueron desarmadas tabla a tabla, arrancados y examinados sus cimientos piedra por piedra, en busca de ocultos tesoros, tarea a la que se entregaban no solo chiquillos, sino hombres formales y hasta poco imaginativos.

Dondequiera que Huck y Tom se presentaban, eran agasajados y contemplados con una especie de embelesamiento. Cualquier cosa que dijesen era atesorada en la memoria, y todo cuanto hacían parecía ser considerado como cosa notable. La historia de su vida fue expuesta a la admiración de sus coterráneos en letras de molde por el periódico local.

Ciertos hechos, que antes solo habían merecido un comentario despectivo o un pescozón, ahora se tomaban por premoniciones.

La viuda colocó el dinero de Huck al seis por ciento; otro tanto hizo el juez Thatcher con el de Tom a instancia de tía Polly. De este modo, cada uno de ellos entró a disfrutar de una renta que era sencillamente prodigiosa: un dólar por cada día de la semana; medio dólar los domingos. Esto significaba disponer de tanto dinero como el que ganaba el pastor.

El juez Thatcher se había formado un alto concepto de Tom. Aseguraba que ningún otro muchacho hubiera logrado sacar con vida a su hija Becky de la cueva. Y cuando esta le contó, confidencialmente, cómo Tom se había hecho cargo del vapuleo que le correspondía a ella en la escuela, se emocionó hasta las lágrimas y declaró que era aquella una doble y generosa mentira, y que un muchacho con tales dotes estaba llamado a escalar un gran puesto en la historia, como Jorge Washington y otros próceres. Becky escapó para contar a Tom lo que su padre decía de él.

Las riquezas de Huck Finn y el hecho de contar con la protección de la viuda lo metieron de un empellón dentro de la «buena sociedad», con lo cual lo que ganó en prestigio lo perdió en comodidad, pues los criados de la viuda lo tenían limpio, acicalado y bien peinado. Por la noche lo acostaban entre antipáticas sábanas blancas, que no tenían ni una mancha que él pudiera reconocer y apretar contra su corazón como cosa amiga. Se veía obligado a comer con tenedor y cuchillo, usar plato, copa y servilleta, estudiar en un libro, ir a la iglesia, hablar con tanta corrección que el lenguaje se volvió insípido en su boca. De cualquier lado que se volvía, las rejas y grilletes de la civilización lo ataban de pies y manos.

Durante tres semanas soportó heroicamente estas angustias, y un buen día desapareció. Dos días y dos noches lo buscó la acongojada viuda por todas partes. El vecindario tomó el asunto con interés. Se registraron todos los alrededores; dragaron el río esperando encontrar su cadáver, hasta que el tercer día, muy temprano, Tom, con certero instinto, fue a hurgar entre unas barricas viejas, detrás del antiguo matadero, y dentro de una de ellas encontró al fugitivo. Huck había dormido allí; acababa de desayunar con heterogéneos alimentos que había hurtado y estaba fumando voluptuosamente su pipa, sucio, revuelto el caballo y cubierto con los antiguos andrajos que eran como el símbolo de su época de libertad.

Tom lo sacó de allí, le contó los trastornos que había causado y trató de convencerlo de que volviera a casa. El semblante de Huck perdió su plácida expresión para volverse sombrío y melancólico.

—No me hables de eso, Tom. Ya he hecho la prueba, pero la cosa no marcha; no estoy hecho para esa vida. La señora de Douglas es buena y afectuosa, pero no puedo soportarla. Manda que me laven, me peinen y cepillen hasta sacarme chispas; no me deja dormir en el cobertizo de la leña, y tengo que llevar esa condenada ropa que me oprime y estrangula. Además tengo que ir a la iglesia, oír sermones y sudar y sudar. Allí no puede uno ni cazar una mosca ni menos masticar tabaco. ¡Y siempre con los zapatos puestos! Todo se hace a horas fijas; no hay quien pueda resistir esa condena.

—No seas terco, Huck. Todo el mundo vive así.

—Yo no soy «todo el mundo», chico. Tengo que pedir permiso para todo, y hablar tan por lo fino que se me quitan las ganas de abrir el pico. ¡Maldita sea mi suerte! Nada de blasfemar ni de fumar; rezos y más rezos, y cuando abran la escuela, tendré que asistir a ella. ¡Ay! ¡Nunca me hubiera visto metido en tantas desgracias si no fuera por maldito tesoro! Te regalo mi parte; solo te pido que de cuando en cuando me des diez centavos. ¿Conforme? Anda y dile a esa señora que me deje en paz.

—Yo no puedo hacer eso, Huck.

—¿Por qué?

—No estaría bien. Además, si aguantas un poco más de tiempo, esa vida acabará por gustarte.

—¿Gustarme? ¿Te gustaría a ti que te sentaran encima de un brasero?

—La cosa no es igual.

—Mira, Tom: a mí me gusta hacer lo que me da la gana; ir de aquí para allá, pasearme entre la arboleda, seguir la orilla del río, meterme entre las barricas y dormirme en cualquiera de ellas, oyendo maullar los gatos y despertar por el canto de los pájaros o el croar de las ranas. Ahora que ya teníamos escopetas, la cueva y arregladas las cosas para vivir como los bandoleros, todo se nos echa a perder por esos cochinos dólares.

—Huck, el ser ricos no ha de quitarnos la oportunidad de convertirnos en bandidos.

—¿Hablas en serio?

—Tan en serio como que estoy aquí, Huck. Pero quiero que sepas que no podremos admitirte en la cuadrilla si no te vistes de manera decente.

—¿No decías que los piratas andan casi desnudos, con su hacha y su pipa?

—Un bandido es persona de más tono que un pirata. Hay países en los que son hasta miembros de la nobleza.

Huck permaneció callado largo rato. En su mente se libraba una gran batalla. Finalmente dijo:

—Me volveré con la viuda por un mes más y probaré de nuevo a ver si puedo aguantarlo para entrar en la cuadrilla.

—¡Hurra, chico!

—Pero que conste que fumaré a escondidas y diré las palabrotas que se me antojen cuando esté a solas. ¿Cuándo vas a armar la cuadrilla?

—Reuniré a los muchachos y esta misma noche empezaremos...

—¿Nos veremos aquí?

—Habrá que celebrar la iniciación.

—¿Qué es eso?

—Jurar que nos hemos de proteger unos a otros y no revelar nunca los secretos de la cuadrilla, aunque nos hagan picadillo.

—Me parece estupendo.

—Esas decisiones deben tomarse a medianoche con los juramentos correspondientes. Nos vendría bien disponer de una casa encantada a la que nadie ajeno a nosotros se atreva a acercarse.

—Eso me gusta.

—Los juramentos los haremos sobre una caja de muerto y los firmaremos con sangre.

—¡De primera! Eso es un millón de veces mejor que piratear. Seremos bandidos ricos y bien vestidos, Tom, como tú lo deseas, pero no me prives de fumar mi pipa y soltar un taco si se me viene a la boca. ¿Entendido?

—Entendido, Huck.

Así se acaba esta crónica. Como es, básicamente, la historia de un muchacho, tiene que terminar aquí; de prolongarse más, el relato se hubiera convertido en la historia de un hombre. Cuando uno escribe una novela sobre adultos sabe exactamente dónde hay que acabarla, es decir, con una boda; pero cuando se escribe sobre muchachos hay que ponerle fin donde mejor se pueda.

Gran parte de los personajes que aparecen en este libro todavía viven, prósperos y felices. Algún día tal vez merezca la pena reanudar de nuevo la historia de los más jóvenes para ver qué clase de hombres y mujeres llegaron a convertirse; por eso parece más prudente no revelar ahora nada de aquel periodo de sus vidas.